YOKSA ÖĞRETMENİM BİR UZAYLI MI?

Annem'e...
Her şey için
teşekkürler.

YOKSA ÖĞRETMENİM BİR UZAYLI MI?

PAMELA BUTCHART

Türkçesi: Acar Erdoğan

mavibulut

Yoksa Öğretmenim Bir Uzaylı mı?

Orijinal adı: Baby Alliens Got My Teacher!
Metin © Pamela Butchart, 2014
Kapak ve illüstrasyonlar © Thomas Flintham, 2014
Türkçesi: Acar Erdoğan
Editör: Keriman Güldiken
Dizgi: Emine Çelik

© 2015 Mavibulut Yayıncılık
Perpa B Blok Kat: 5 No: 477 Okmeydanı İstanbul
Tel: 0212 - 320 21 30 Faks: 0212 - 320 21 33
www.mavibulut.com.tr
Sertifika no: 11016

ISBN 978-975-310-235-3
1. basım: İstanbul, Ekim 2015
3000 adet basılmıştır.
Orijinal dili: İngilizce

This translation of "Baby Aliens Got My Teacher!" is published by arrangement with Nosy Crow ® Limited.
Bu kitabın hakları Kalem Ajans aracılığıyla alınmıştır.

Baskı: Kayhan Matbaacılık
Merkez Efendi Mah. Fazılpaşa Cad.
No: 8/2 Topkapı İstanbul
Tel: 0212 - 612 31 85 - 576 00 66
Sertifika no: 12156

Butchart, Pamela

Yoksa Öğretmanim Bir Uzaylı Mı? / Pamela Butchart.
-- İstanbul: Mavibulut Yayıncılık.
176 s. : res. ; 19,5 cm.
ISBN: 978-975-310-235-3

1. Butchart, Pamela 2. İngiliz Roman 3. Çocuk Romanı
I. Eser Adı

823.914 BUT

İçindekiler

Kafamdan UYDURMUYORUM Dedim Size!

Hani olur ya, bazen annenize veya babanıza GERÇEKTEN çok önemli bir şey anlatmaya çalışırsınız ama tutup size "Hmm... Tabii tabii" veya "Tamam canım, haydi git biraz da babana anlat" veya "Ay olur mu hiç öyle şey!" veya "Tuvaletteyim, şimdi sırası mı!" gibi ilgisiz cevaplar verirler.

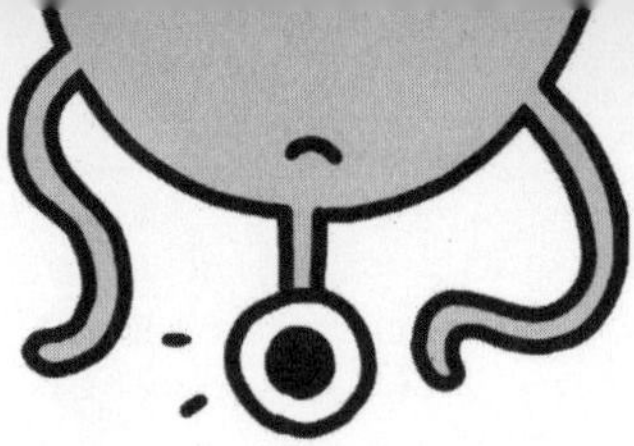

Mesela geçenlerde üst kat komşumuz bayan Cunningham'a tıpatıp benzeyen bir patates cipsi bulduğumda da başıma bu gelmişti. Hemen koşup anneme gösterdim ama bana sadece "Sağ ol canım, istemem sen ye" dedi! Ama ben TABİİ Kİ yemedim! Bir zarfın içine koydum ve bayan Cunningham'ın posta kutusuna attım. Çünkü bir başkası da tıpatıp bana benzeyen bir patates cipsi bulsaydı (buna "cips ikizi" de denir) getirip bana vermelerini isterdim.

Neyse işte... Bir gün alt katımızda oturan arkadaşım Zach ile okuldan koşa koşa eve geldik. Anneme o gün okulda başımıza gelen OLAY hakkında ÇOK ÇOK ÖNEMLİ bir şey söyleyecektik ama bizi dinlemedi bile. Hem de koşturmaktan ter içinde kaldığımızı ve suratlarımızın kıpkırmızı olduğunu gördüğü halde umursamadı. Hatta Zach yolda düşüp dizini bile kanatmıştı! Ama annem sadece yüzüme bir BAKIŞ attı. Bu, bana inanmadığını gösteren bakışıydı. Sonra da "Ay Izzy, olur mu hiç öyle şey!" dedi.

Annem işte... HEP böyle yapıyor! Ne zaman bir şey anlatsam kafamdan uydurduğumu düşünür. Dediğine göre benim

Ama garip şeyler de hep benim başıma geliyorsa bu benim suçum mu yani, ne yapayım!

O yüzden olanları anneme Zach'in anlatmasını istedim. Çünkü annem Zach'e HİÇ bağırmaz. Anlattıklarını kafasından uydurduğunu da söylemez. Hatta bir keresinde babam kanepede uyurken Zach'le birlikte onun yüzünü boyamıştık, sonra da annem bana kızıp bağırınca neden sadece bana bağırdığını ama Zach'e bağırmadığını sormuştum. Annem de şöyle demişti: "Ben Zach'in annesi değilim. Ben SENİN annenim. O yüzden sadece SANA bağırabilirim."

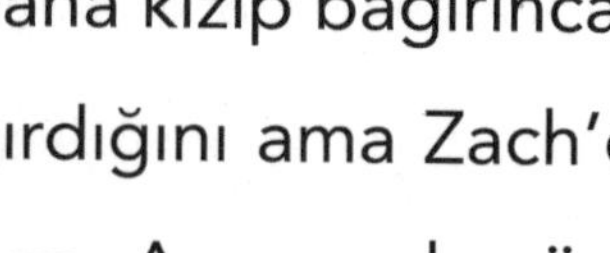

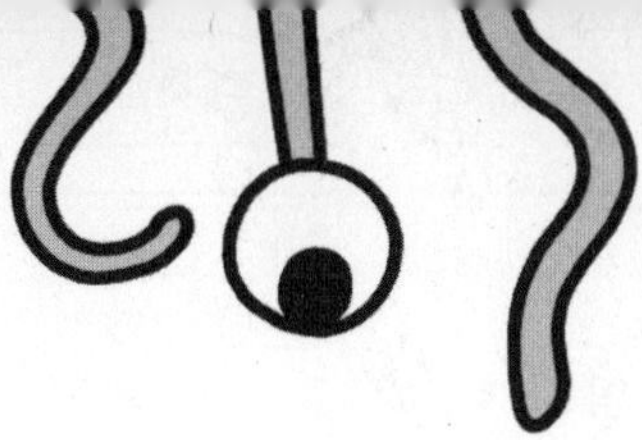

O yüzden o gün okulda olan OLAYI anneme bu kez Zach anlattı. Ama ne oldu tahmin edin! Annem Zach'in annesini aradı ve o da hemen bize gelip Zach'e KENDİSİ bağırdı. Hem de bizim evin salonunun ortasında, annemin ve babamın önünde! O kadar çok bağırdı ki, dönüp biraz da bana bağıracak zannettim. Ama sonra annelerin bağırma kuralını hatırlayıp rahatladım.

Zavallı Zach. Annesi benim annemden bile DAHA YÜKSEK sesle bağırıyordu. Çok ama çok kızmıştı! Sonra Zach'i alıp evlerine gittiler. Annem de bana Zach'in anne ve babasının yeni ayrıldığını ve Zach'in annesinin muhtemelen o yüzden bu kadar sinirli olduğunu söyledi. Sonra iki parmağını çenesinin altına götürdü ve "Kadıncağızın BURASINA KADAR GELDİ!" dedi. Bu ne demek bilmiyordum. Ama sonra anladım! Geçen hafta

okul yemekhanesindeki bayan Kidd (okulun iğrenç yemekleri boğazınızdan içeri tıkma görevlisi) tabağımdaki yemeği TAMAMEN bitirmeden masadan kalkmama izin vermemişti. Üstelik şapşal görevli, önüme beş

koca kaşık kapuska koymuştu. Tabağa baktıkça ne kadar midem bulandı anlatamam! Hem Zach'in dediğine göre yemek koydukları koca kaşıkları hiç yıkamadan tatlıyı da onlarla koyuyorlarmış. Zach'in annesi eskiden okul yemekhanesinde aşçıydı, ondan duymuş. Neyse, bu arada ben kapuskadan **NEFRET EDERİM** ve haliyle hepsini bitiremedim. Bu yüzden bayan Kidd masadan kalkmama bir türlü izin vermedi. O iğrenç kapuskalar da **KESİNLİKLE** midemden çenemin altına kadar gelmişti!

Neyse, sonra annem odama gidip ödevlerimi bitirmemi söyledi. Ben de ona okulda ne olduğunu anlatmama izin

vermeden odama gitmeyeceğimi söyledim. Bunu duyunca bir anda gözü seğirmeye başladı! Bu tehlike işaretidir. Annemin ne zaman gözü seğirse bu çok sinirlendiğini ve birazdan bağırarak "BIKTIM artık! Canıma TAK etti! Bu yaz sana tatil matil YOK!" gibi şeyler söyleyeceğini gösterir. O yüzden hemen özür dileyip konuyu orada kapattım. Çünkü o yaz tatilinde Disneyland'e gitmeyi çok istiyordum. Zaten geçen yaz da babamın işi yüzünden tatil yapamamıştık.

Böylece dönüp yukarı çıktım. Ama odama gitmedim. Koridorda sinsice süzülüp annemle babamın odasına gittim ve telefonu alıp Zach'in cep numarasını çevirdim.

Babam Zach'in bu yaşta, üstelik kendisininkinden daha iyi model bir cep telefonu olmasını ÇOK SAÇMA buluyordu. Annem de Zach'in babasının pek eve gelmediğini ve bunu telafi etmek için Zach'e her seferinde pahalı hediyeler aldığını söylemişti. Ben de Zach'in babasını çok özlediğini biliyorum. Ama Zach bu konuda pek konuşmayı sevmediği için biz de konuyu açmıyoruz.

Neyse, dediğim gibi Zach'e telefon ettim ve birisi telefonu açtı. Ama bu Zach değildi! O anda Zach'in telefonunu da çantalarımızla birlikte okulda unuttuğumuzu hatırladım. OLAYDAN sonra çok hızlı kaçmıştık. Hani şu annemin duymak bile istemediği

OLAY... Hemen telefonu kapattım ve tekrar açıp polisi aradım. Çünkü okulumuza ziyarete gelip bizimle söyleşi yapan polis amca bize ACİL DURUMLARDA polisi aramamızı söylemişti. Ve bu kesinlikle

"Başıma Bir Kaza Geldi" Kıyafeti

Aslında OLAY cuma günü olmuştu. Ama ben size hikâyeyi pazartesi gününden itibaren anlatacağım. Çünkü OLAYDAN önce bir sürü başka şey oldu.

Yaşananlara bir KAZA değil, OLAY dememiz gerektiğini de arkadaşımız Jodi (yaşananların bir diğer tanığı) söylemişti. Çünkü

KAZA, kazara olan şeylere denirmiş, oysa cuma günü okulda başımıza gelenler kesinlikle bir kaza DEĞİLDİ.

Pazartesi günü her zamanki gibi Zach'le birlikte okula gidiyorduk. Okula yürüyerek giderdik çünkü okul bizim evin hemen yanındaydı. Jodi'nin annesi de Jodi'yi okula arabayla bıraktı. Tabii HER SABAH olduğu gibi arabayı okulun bahçesine soktu, okul müdürü bay Murphy de HER SABAH yaptığı gibi pencereden kafasını çıkarıp "BAHÇEYE ARABA GİREMEZ!" diye bağırdı.

Aslında Jodi'nin annesinin bay Murphy'nin bağırışını duyduğunu sanmıyorum çünkü arabasında çok yüksek sesle müzik dinliyor.

Hatta müziğin sesi o kadar yüksek ki bütün camları kapalıyken bile uzaktan duyabiliyoruz.

Jodi'nin dediğine göre annesi televizyondaki müzik yarışmalarından birine katılmak için alıştırma yapıyormuş. Çünkü çalıştığı fırındaki işinden çok sıkılmış ve saçlarının kıymalı börek kokması artık CANINA TAK ETMİŞ. Ama aslında pek de iyi şarkı söyleyemiyormuş. Mesela bir keresinde üst katlarında oturan bir kadın sesten rahatsız olmuş ve kapılarına gelip annesine bağırıp çağırmış. Hatta ona KÂBUS GİBİ BİR KOMŞU olduğunu, sesinin de boğazlanan bir kedi sesine benzediğini söylemiş.

Tabii bu hikâyeyi duyduktan sonra o kadını gizli gizli gözetlemeye karar verdik. Çünkü Jodi, "O kadın bir kedinin boğazlanırken nasıl bir ses çıkardığını NEREDEN biliyor?" gibi mantıklı bir soru sormuştu. Sonuçta benim de iki kedim vardı. Zach'in da bir kedisi vardı. Yani onu bir süre izleyip gerçekten bir kedi boğazlayıcısı olmadığından emin olmalıydık! Ama kadın bir türlü evinden çıkmıyordu. Sonra bir gün bizi kapısındaki mektup aralığından içeriye bakarken yakaladı ve

polisi aradı. Polislere kadının bir kedi boğazlayıcısı olabileceğinden bahsettik ama yine de azar işitmekten kurtulamadık. Ama sorun değil. Çünkü artık ENSESİNDE OLDUĞUMUZU BİLİYOR! Zach'in dediğine göre artık SALDIRMAYA CESARET EDEMEZ. Yani kedilerimiz güvende.

Neyse, ne diyordum? Hah... Bir keresinde de bay Murphy'nin, diğer öğretmenlerle konuşurken Jodi'nin annesi için "KÂBUS GİBİ BİR VELİ" dediğini duymuştum. Bence bir okul müdürünün böyle söylemesi çok ayıptı. Ben de gidip bunu Jodi'ye anlattım. O da annesine anlattı. O yüzden artık bay Murphy ne zaman Jodi'nin annesinin çalıştığı fırına

simit almaya gitse, Jodi'nin annesi ona yere düşmüş olanlardan veriyor.

Aslında Jodi'nin annesinin iyi şarkı söyleyemiyor olması bizim için daha iyi. Çünkü bu sayede fırındaki işine devam ediyor. Biz de ne zaman Jodi'nin evine gitsek bize fırından bedavaya getirdiği mis gibi kekler, kurabiyeler ve poņçikler ikram ediyor. Büyüyünce ne olmak istediğime henüz karar vermedim ama fırıncılık fena fikir değil gibi.

Neyse... İşte bir sabah Zach ve ben okula yürüyorduk ve bayan Jones (korkunç öğretmenimiz) arabasıyla yanımızdan o kadar hızlı geçti ki, yol kenarındaki kocaman çamur birikintisi olduğu gibi üstümüze sıçradı. Anında çığlığı bastım. Zach ise daha beter çığlık attı. Çünkü o yola yakın yürüyordu ve iyice SIRILSIKLAM olmuştu! Çığlığının sesi, eldiveninin parmaklarına bezelye koyduğum gün attığı çığlıktan bile yüksekti. Zach bezelyelerden ÇOK KORKAR. Annesinin dediğine göre bezelyelerle ilgili bir FOBİSİ varmış. Bunun ne anlama geldiğinden pek emin değilim ama sanırım bir bezelyeye dönüşmekten korkuyor.

Neyse, dediğim gibi ben de ıslanmıştım ve

çantam da çamur olmuştu. Zach ise saçlarının diplerine kadar çamur içindeydi, çünkü tam bayan Jones'un arabası yanımızdan geçerken ağzını açmıştı. Okula varır varmaz revire gittik. Oradaki hemşire ıslak kıyafetlerimizi çıkarıp revirdeki yedek "başıma bir kaza geldi" kıyafetlerinden giydirdi ve bizi doğruca sınıfa yolladı.

Neyse ki İKİMİZ BİRDEN "başıma bir kaza geldi" kıyafeti giymiştik. Eğer sadece birimiz giymiş olsaydık herkes başımıza GERÇEK BİR KAZA geldiğini (bilirsiniz işte!) düşünecekti. Tıpkı geçen yıl Jodi onu çok güldürdüğünde Maisie Miller'ın başına geldiği gibi...

Sınıfa girdiğimizde bayan Jones neden geç kaldığımızı sormadı bile. Bence bu çok GARİPTİ. Çünkü geç kaldığımızda bayan Jones mutlaka geç kâğıdı ister ve eğer almamışsak doğruca idareye gidip bir tane almadan bizi sınıfa sokmazdı.

Bunu neden yaptığını da hiç anlamam. Düşünsenize... Sınıftan çıkıp idare odasına gitmeniz iki buçuk dakika sürüyor, sonra üç dakika boyunca idaredeki görevli kadınların kafalarını kaldırıp sizinle ilgilenmelerini bekliyorsunuz, sonra notu alıp sınıfa dönerken iki buçuk dakika daha geçiyor. Etti sekiz dakika! Yani eğer sınıfa sadece iki dakika geç kalsanız bile bu sonunda on dakika oluyor!

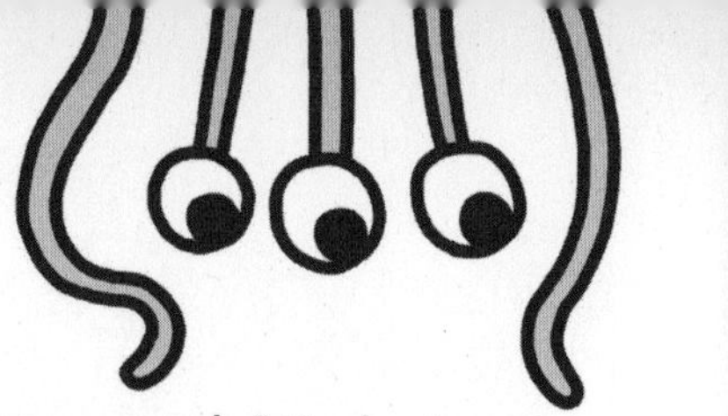

Neyse... Öğretmenimiz geç kâğıdı istemediği için Zach ve ben sessizce gidip sıramıza oturduk ve Jodi'ye neden "başıma bir kaza geldi" kıyafeti giydiğimizi anlattık. Jodi de öğretmenimizin bugün bize çok iyi davrandığını ve bu sabah matematik alıştırması yaptırmaktan vazgeçtiğini söyledi.

Matematik alıştırması yapmayacak olmamız iyi bir haberdi. Aslında matematikte çok iyiyim ama hiç sevmiyorum. Çünkü hem çok sıkıcı hem de alıştırma kitabımı Gary Petrie ile paylaşmam gerekiyor. Gary sürekli burnunu karıştırıyor ve kurumuş sümüklerini sayfaların arasına sürüyor. Onlara "YUMUŞAK SÜRPRİZLER" diyor.

Ama BENCE o gün öğretmenimiz bayan Jones'un bize matematik alıştırması yaptırmaması çok garipti. Çünkü bayan Jones matematiğe BAYILIR. Hepimiz bunu biliriz. Hatta o kadar çok sever ki bir keresinde bize matematik alıştırması yaptırırken kimse doğru cevabı bulamadı diye çok sinirlendi ve Jodi'ye bağırdı. Bunun üzerine Jodi de sinirlenip ona bağırdı: "Öğretmenim madem matematiği bu kadar çok seviyorsunuz, onunla evlenseniz ya!" Tabii sonra "saygısızca konuştuğu" için teneffüste sınıfta oturup matematik alıştırması yapmak zorunda kaldı.

Neyse... O gün alıştırma yapmayacağımız için biz de alıştırma kitabımıza resimler

çizdik. Bu kesinlikle matematik yapmaktan iyiydi. Ama öğretmenimizin bize neden bu kadar İYİ davrandığını pek anlayamamıştım. Çünkü o bize ASLA iyi davranmaz. Zach, bizim üstümüzü çamur içinde bıraktığı için kendini kötü hissetmiş olabileceğini söyledi. Ben de ona, bayan Jones'un muhtemelen bizi çamur içinde bıraktığının farkında bile olmadığını, çünkü arabasını tıpkı bir DELİ gibi kullandığını söyledim.

Aslında eski öğretmenimiz bayan Riley'in de bizden nefret ettiğini düşünürdüm. Hatta bir keresinde o bakmıyorken tahtaya BAYAN RİLEY ÇOK KÖTÜDÜR yazmıştım. Ama bayan Riley yazıyı görüp de ağlamaya başlayınca kendimi çok kötü hissetmiştim. Aslında bizden nefret etmediğini de o zaman anlamıştım. Çünkü bence birisinden nefret ediyorsanız size kötü olduğunuzu söylediğinde üzülmezsiniz.

Ama bayan Jones'un bizden KESİNLİKLE nefret ettiğine emindim. Çünkü SÜREKLİ bizi azarlar ve şikâyet ederdi. Yanlış bir şey yapmadığımız zamanlarda bile... Ayrıca bizi HİÇBİR zaman derste serbest bırakmaz ve diğer öğretmenler gibi bize asla şeker veya çikolata vermezdi.

Bir keresinde Maisie Miller sandalyesinde geri geri sallanırken düşüp kolunu incitmişti ve o anda bayan Jones'un yüzünde küçük bir gülümseme yakaladığıma YEMİN BİLE EDEBİLİRİM.

Ama öğretmenimizin bizden GERÇEKTEN nefret ettiğini, Jodi geçen yıl Noel konserinin ortasında bir JODİ ÇILDIRMASI (kısaca JÇ deriz) geçirdiği zaman anlamıştık. Konserde Gary Petrie koyun rolündeydi ama şarkı söyleme sırası ne zaman Jodi'ye gelse bir inek gibi "MÖÖ! MÖÖ!" deyip duruyordu. Buna rağmen bayan Jones ona HİÇBİR ŞEY demedi.

Bunun üzerine Jodi bir anda saçlarını çekiştirip sağa sola tekmeler savurmaya başladı (ne zaman bir JÇ geçirse bunu yapar). Sonra da bayan Jones'a "BENDEN NEFRET EDİYORSUNUZ DEĞİL Mİ BAYAN JONES?!"

diye bağırdı. Bayan Jones buna tepki bile vermedi! Jodi iyice çıldırıp sahnedeki bebek beşiğine de bir tekme savurdu. Bebek sahneden aşağıya, izleyicilerin önüne düştü. Salondaki herkesin soluğu kesildi ve velilerden biri "BU NE REZALET!"

diye bağırdı. Jodi de ağlamaya başladı.

Aslında niye herkesin bu kadar kızdığını anlayamamıştım. Sonuçta düşen bebek GERÇEKTEN bir bebek değildi ki, plastik bir oyuncaktı sadece.

Öğlen tatili geldiğinde bayan Jones sınıftan beş dakika erken çıkmamıza izin verdi. Çünkü yemeği DIŞARIDA yiyecekmiş. Bence bu da epey garipti. Çünkü bayan Jones ASLA yemeğini DIŞARIDA yemez. Bütün öğlen tatili boyunca sessizce masasında oturur ve yanında getirdiği kötü kokulu hazır çorbasını

içer. Öğlen tatili bitip de sınıfa döndüğümüzde de içerideki havayı koklayarak o gün ne çorbası içtiğini tahmin etmeye çalışırız.

Geçen hafta SEBZE ÇORBASI diye tahmin yürütmüştüm. Zach çöp kutusundan çorbanın ambalajını kontrol edip doğru tahmin ettiğimi görünce çok şaşırmıştı. Aslında sabah bayan Jones'un çekmecesinde zımba ararken çorbanın ambalajını görmüştüm. Ama tabii bunu ona söylemedim.

Neyse işte... O pazartesi hepimiz bayan Jones'un o gün bize ne kadar iyi davrandığını fark etmişti. Matematik alıştırması yapmadık, öğlen tatiline de beş dakika erken çıktık. Hatta öğlen tatili bitip de zil çaldığında bayan Jones sınıfa iki dakika GEÇ geldi!

İçimden ONA DA geç kâğıdı getirip getirmediğini sormak geldi ama Zach beni durdurdu: "Hayır, sakın yapma! Hazır keyfi yerindeyken bozmayalım; belki bize 'artık alıştırma yapmamıza gerek yok' der!" dedi. Sonra ne oldu tahmin edin! Bayan Jones da tıpatıp AYNI şeyi söyledi.

Oyuncak Ayılar ve Hastalıklar

Salı günü, öğretmenimiz bayan Jones sınıfa geldiğinde yüzünde makyaj vardı. Onu daha önce hiç makyajlı görmemiştim. Zach "Böyle makyajlıyken diğer genç öğretmenlere benzemiş" dedi. Ama bence hâlâ otuzlu yaşlarındaymış gibi görünüyordu.

Tam sırama oturacaktım ki çok acayip bir şey gördüm: Bayan Jones'un masasında oyuncak bir ayı vardı!

Bunun pek de acayip olmadığını düşünebilirsiniz. Ama bayan Jones hiç de öyle oyuncak ayılardan hoşlanabilecek biri değil. Hatta eminim yavru kedi ve köpeklerden bile nefret ediyordur.

Oyuncak ayı pembeydi. Karnında bir kalp şekli vardı ve içinde "Harikasın!" yazıyordu. Patisine de bir gül tutturulmuştu. Sınıfa giren herkes oyuncak ayıya BAKAKALDI ama ne yapacağımızı bilemediğimiz için sonunda yerlerimize oturduk. Sonra bayan Jones "Haydi hep beraber Sevgililer Günü kartlarını yapalım!" deyiverdi ve hepimize üzerinde kalp şekilleri olan pembe küçük kartlar dağıttı. Ardından CD çalarını çıkarıp *En Güzel Aşk Şarkıları 6* adlı bir CD taktı ve dinlemeye başladık. Bütün bunlar gerçekten çok garipti... Özellikle de şu üç ana madde:

Madde 1 – Bayan Jones gülümsüyordu (hem de çok).

Madde 2 – Bayan Jones şarkı söylüyordu.

Madde 3 – Ekim ayındaydık! (Sevgililer Günü Şubat'tadır.)

Herkes birbirine garip garip bakmaya başladı. Sanki hepimiz şoka girmiştik. Tıpkı bir gün annemle birlikte kütüphanenin önündeki otobüs durağında otobüs beklerken sırtımı durağın camına yasladığım zaman olduğu gibi... Meğer birtakım SERSERİLER otobüs durağının camını kırdığı için cam

tamamen çıkarılmış. Ben de olmayan cama yaslanır yaslanmaz durağın arkasına düştüm.

Neredeyse yolun ortasına kadar yuvarlanmıştım. Az kalsın, gelen otobüsün altında kalacaktım ki, durakta bekleyen bir adam elindeki fıstıkları yere attığı gibi koştu ve beni yerden kapıp kurtardı. Annem adama onlarca kez "TEŞEKKÜR EDERİM! TEŞEKKÜR EDERİM!" deyip durdu ve yeni bir paket fıstık alması için para vermeye çalıştı ama adam parayı almadı. Otobüse bindiğimizde tek kelime konuşmadım. Elimde hâlâ düşmeden önce tuttuğum elma vardı. Heyecandan elmayı öylesine sıkmıştım ki tırnaklarım elmaya saplanıp kalmıştı. Annemin dediğine göre o sırada şoktaymışım.

Neyse... Dediğim gibi, sevgililer günü kartları yazıyorduk. Zach kart yazmayı severdi ve annesini mutlu etmek için ona bir tane yazacağını söyledi. Ben de "Tamam" dedim ve bu seferlik onunla dalga geçmemeye karar verdim.

Sonra Jodi'nin yanına oturdum ve öğretmenimizin neden bu kadar garip davrandığı üzerine düşünmeye başladık. Jodi'nin dediğine göre bir ara teyzesi de garip şeyler yapmaya başlamış. Mesela bir keresinde bir portakala "Günaydın Jeffrey!" demiş, sonra da kemanının üzerine bir bardak süt dökmüş. Doktorunun dediğine göre bunun sebebi STRESMİŞ ve teyzesine bir süre yatak istirahati vermiş.

Jodi bunu anlatınca ben de kuzen Clare'in düğününü hatırladım. Annem de orada çok garip davranmıştı. Gördüğü herkese onları çok sevdiğini söyleyip durmuş, sonra da ayakkabılarını pencereden dışarı atmıştı.

Babam annemin o gece "BİRAZCIK SARHOŞ" olduğunu söylemişti.

Sonunda Jodi ve ben de Sevgililer Günü kartı yazıyormuş gibi yaparak bayan Jones'un nesi olabileceğine dair kendimizce bir liste hazırladık. Ama aklımıza bunlardan başka hastalık gelmedi.

Listemizi Zach'e gösterdik. O da böyle bir liste yapmanın çok salakça olduğunu, bayan Jones'un bize artık iyi davranıyor olmasının

güzel bir şey olduğunu ve böyle listeler yapmayı bırakmamızı söyledi.

Böylece çıkış zili çalana kadar Zach'le küsüştük. Sonra çıkışta montlarımızı giyerken Jodi, annesinin beni eve bırakabileceğini ve eğer Zach liste yapmanın salakça olduğunu söylediği için ondan özür dilemezse eve kendi başına yürüyebileceğini söyledi. Bunun üzerine Zach özür diledi ve Jodi "Özrün kabul edildi!" dedi. Sonra yürüyerek eve döndük.

Bayan Jones Çok ACAYİP Biri

Çarşamba günü sınıfa girerken Bayan Jones bizi kapıda karşıladı ve içeri girerken başlarımızı okşadı. Yoklama yaparken de hepimizi "ballı pastam", "ay çöreğim", "minik kurabiyem" gibi acayip isimlerle çağırdı. Bir an için bize pastane ürünleriyle ilgili bir çalışma yaptıracak zannettim. Ama yaptırmadı.

Onun yerine hepimize minik şekerler dağıttı ve ilk derste bir film izleyebileceğimizi söyledi!

Tabii ki bunu duyunca çok heyecanlandım çünkü Bayan Jones bize ASLA şeker vermez, film de izletmezdi... Okulun son günü olsa bile! Böylece bütün sınıf yere yastıklar dizip oturduk. Ardından bayan Jones da bizimle birlikte yere oturdu! Daha önce hiçbir öğretmenin bunu yaptığını görmemiştim!

Filmin başı fena sayılmazdı. Dünya'ya doğru yaklaşan kocaman bir meteoru anlatıyordu ve Dünya'ya çarpıp gezegeni patlatacağı için herkes panik içindeydi. Ama film sonlara doğru çok fazla duygusallaştı ve bayan

Jones'u ağlattı. Hatta o kadar çok ağladı ki neredeyse Zach'le kalkıp hemşireyi çağıracaktık! Sonunda sakinleştiğinde oyuncak ayısına sarıldı ve şöyle dedi: "İŞTE BU BENİM EN SEVDİĞİM FİLM."

İşte o anda bayan Jones'un iyice KAFAYI ÜŞÜTTÜĞÜNÜ anladım. Yoksa normal bir insan en sevdiği filmi izlerken bu kadar ağlar mı hiç!

O öğleden sonra bayan Jones biraz MEDİTASYON yapmamızı önerdi. Bunun üzerine hep birlikte yere oturup bacaklarımızı

kavuşturduk ve "OMMMM OMMMM OMMMM OMMMM!" diye sesler çıkardık.

MEDİTASYON'un ne olduğunu pek anlamamıştım aslında, ama bayan Jones bunun insanı SAKİNLEŞTİRDİĞİNİ söyledi. Haklı olabilir, çünkü Maisie Miller o kadar sakinleşti ki kafasını bacağımın üzerine koyup uyuyakaldı. Belki de bayıldı bilmiyorum... Maisie Miller söz konusu olunca farkı anlamak zor.

Bir keresinde Maisie'ye içe doğru büyümüş tırnağımı göstermeye kalkmıştım; TIRNAK ALDIRMA AMELİYATIMDAN bir gün önceydi. Ama daha çorabımı çıkarmadan bayılmıştı.

Normalde meditasyon sırasında gözlerimizi kapalı tutmamız gerekir. Ama ben gözlerimi hafifçe açtım ve gizlice etrafa bakan başkaları da var mı diye görmek için gizlice etrafa baktım. Zach de gizlice etrafa bakıyordu. Sonra benim de gizlice etrafa baktığımı gördü ve fısıldadı: "Bak! Bayan Jones'a bak!" Bayan Jones'a baktım. Gözleri kapalıydı. Oyuncak ayısını havada tutmuş bir ileri bir geri sallıyor ve "UUUUUU-İİİİİİ-UUU-UUU-AAAAAA" diye sesler çıkarıyordu.

Meditasyonumuz bitince bu kez Zach de öğretmenimizin çok GARİP davrandığını söyledi ve şu yaptığımız listeyi tekrar görmek istedi. Listeye baktı ve bayan Jones'un sarhoşluk hastalığı veya stresi olduğunu düşünmediğini, ama işin içinde biraz DELİLİK olabileceğini söyledi. Onu da listeye ekledik.

Sonra Zach'in aklına annesiyle birlikte izlediği bir film geldi. Dediğine göre filmde bir UZAYLI varmış ve bir kadının kulağının içinden beynine girip kontrolünü ele geçirmiş ve kadını da uzaylıya çevirmiş. Bu uzaylı kadın etrafındaki herkese iyi davranıyor gibi görünüyormuş. Böylece herkesle arkadaş olmuş ve hepsinin kulaklarına küçük yavru uzaylılar yerleştirmiş. Sonra ONLAR da uzaylıya dönüşmüş! Herkese de çok iyi davrandığı için kimse onun kötü şeyler yaptığından şüphelenmemiş.

Ama aslında bir UZAYLI İSTİLASI planlıyormuş. Bunun üzerine listemize KULAĞA GİREN YAVRU UZAYLILAR diye bir madde daha ekledik.

Tam o sırada Maisie Miller uyandı ve konuştuklarımızı duydu. Maisie böyle şeylerden GERÇEKTEN çok korkar. Daha biz bir açıklama yapamadan bir anda bağıra çağıra ağlamaya başladı. Bunu duyan bayan Jones da hemen yanımıza koştu.

Bir an için bayan Jones bize kızıp bağıracak ve Maisie'yi neden ağlattığımızı soracak diye korktum. Ama öyle yapmadı. Hemen Maisie'ye sarıldı ve "Ah benim küçük kuzucuğum! Neyin var senin?" dedi. Maisie bunun üzerine DAHA BETER korktu ve delirmiş gibi çığlıklar atmaya başladı.

Sonunda annesi gelip onu okuldan almak zorunda kaldı. Çünkü okul hemşiresinin dediğine göre Maisie Miller "HİSTERİK BİR HALDEYDİ."

Saatli Bomba

Perşembe günü olacaklara kesinlikle hazır değildik. Bayan Jones o gün okula gelmedi. Normalde bayan Jones okula ASLA gelmemezlik etmez.

Ben de o gün YİNE tuvalette kilitli kaldığım için okula geç kaldım. Babam da beni

oradan çıkarmak için YİNE kapıyı menteşelerinden komple sökmek zorunda kaldı. Sonra da beni okula götürdü ve olanları anneme anlatmamamı, çünkü tuvaletin kapısını hâlâ tamir etmediğini öğrenirse annemin ona çok kızacağını söyledi.

Okula vardığımda doğrudan sınıfa çıktım. Geç kâğıdı almadım. Ne de olsa bayan Jones artık kâğıt istemiyordu. Ama sınıfa girdiğimde bayan Jones'un masasında müdür yardımcımız bayan Seith'in oturduğunu gördüm! Bayan Seith de HEMEN aşağı inip geç kâğıdı almamı söyledi. Ben de koşarak aşağıya inip idare odasına gittim çünkü müdür yardımcımız GERÇEKTEN ÇOK

KORKUNÇTUR. Duyduğuma göre, bir keresinde tören yapılırken sırf kocaman gözleriyle kötü kötü bakarak herkesi korkudan ağlatmış.

Tam idare odasındaki görevlilerin kafalarını kaldırıp benimle ilgilenmelerini bekliyordum ki bayan Jones'un oyuncak ayısından bahsettiklerini duydum. "Şu an müdürün kulakları kesin ÇINLIYORDUR" dedi bir ses. Bir diğeri de şöyle dedi: "Bu OYUNCAK AYI MESELESİ adeta PATLAMAYA HAZIR bir

Öğlen olunca Zach ve Jodi ile birlikte yemeğimizi yedik ve idare odasındaki görevlilerin söyledikleri hakkında konuşmak üzere Gizli Oda'ya gittik. Gizli Oda'ya gittiğimizde çok sessiz olmamız gerekiyor çünkü burası tam tuvalete giden merdivenlerin altında ve herkes o merdivenden çıkıp iner. Bir keresinde okul hademesi bizi içeride yakalamıştı!

O anda hapı yuttuğumuzu düşünmüştük ama bize orada istediğimiz kadar kalabileceğimizi söyledi. Hatta kapının anahtarını bile verdi. Dediğine göre bir hafta sonra emekliye ayrılıyormuş ve okul müdürünün ne diyeceği de hiç umurunda değilmiş. Zaten KENDİSİ de bu okulda bir öğrenci olsaymış O

DA arada sırada saklanacak bir yer ararmış.

Artık yeni bir hadememiz var ama merdivenin altında böyle bir küçük oda olduğunu bile bilmiyor. Hem odayı bulsa da açamaz, çünkü anahtarı sadece bizde var.

Gizli Oda harika bir yer ve içinde harika şeyler var! Bir lavabo, ekmek kızartma makinesi, hatta bir de su ısıtıcısı var. Gizli toplantı-

larımız için oraya her gidişimizde Zach bize birer fincan çay yapar. Ama aslında çay falan içmeyiz, sadece fincanları elimizde tutarız. Zaten içeride süt de yok şeker de... Hem su ısıtıcısında su kaynatmamız da yasak, o yüzden çayımız soğuk. Jodi ekmek kızartma makinesinde kızartmak için evden birkaç dilim ekmek getireceğini söylüyor ama her seferinde unutuyor.

Neyse... İçeri girip Zach'in çaylarımızı koymasının ardından Jodi BAYAN JONES'TA

OLABİLECEK HASTALIKLAR listemizi çıkardı ve idare odasındaki görevlilerden duyduğum HER ŞEYİ anlatmamı istedi. Ben de hepsini bir bir anlattım: Okul müdürünün kulaklarının ÇINLADIĞINDAN ve bayan Jones'un oyuncak ayısının PATLAMAYA HAZIR bir BOMBA olduğundan bahsettiklerini söyledim. Jodi bunları duyunca "Sanırım bayan Jones'un nesi olduğunu anladım" dedi. Ama tam o sırada birisi kapıyı çaldı ve Zach çığlığı bastı!

Dışarıdan "Benim!" diyen ince bir ses duyduk. Ama bu BEN kimdi bilmiyorduk tabii. O yüzden çıt çıkarmadan bekledik. Ses bu kez "Benim Maisie, beni içeri alın, çabuk!" dedi.

İnanamamıştık! Biz üçümüz ve eski hademe dışında hiç kimsenin Gizli Oda'nın yerini bilmemesi gerekiyordu. Jodi gözlerini yuvarlayarak Zach'e bir BAKIŞ attı.

Zach yüzünü buruşturdu: "Ne var? Ben kimseye bir şey söylemedim. Izzy söylemiştir!" dedi. Bu sefer de ben yüzümü buruşturdum ve "Ben de kimseye bir şey söylemedim" dedim.

Sonunda kapıyı açıp kimse görmeden Maisie'yi kaptığım gibi içeri çektim.

Maisie Gizli Oda'yı UZUN ZAMANDIR bildiğini söyledi. Meğer bir keresinde bizi içeri girerken görmüş. Maisie her şeyden korkar ama güvenilir biridir. Üstelik küçük odaya sığmamıza yetecek kadar ufak tefektir. O yüzden onun da Gizli Oda'daki gizli toplantılarımıza katılmasına izin verdik. Tabii kimseye söylememesi şartıyla.

Jodi "Ama burada konuşmanız gereken ÇOK KORKUNÇ ŞEYLER var Maisie!" dedi. Bir an Maisie tekrar ağlayacak zannettim. Ama ağlamadı. Zach ona da bir fincan çay verdi. Jodi tam bayan Jones'un

nesi olduğunu anlatacaktı ki zil çaldı. Bunun üzerine şöyle dedi: "Gizli toplantımız akşam 6'da benim evimde devam edecek. Geç kalmayın!"

Kulağa Giren Yavru Uzaylılar

Daha önce Jodi'nin evinde gizli toplantı yapmamıştık. Genelde onları hep Gizli Oda'da yapardık. Yanımda ne getirmem gerektiğini pek bilemedim. O yüzden yanıma bir paket patates cipsi, dolaptan aldığım dört tane bisküviyi, tükenmez kalemlerimi ve babamın el fenerini aldım.

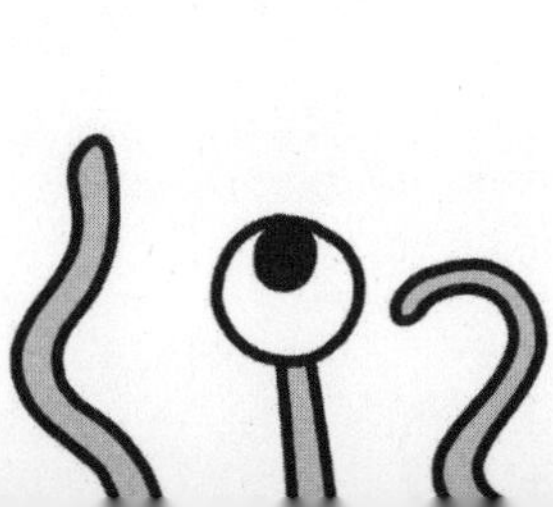

Jodi bizden birkaç bina ötede oturuyor. O yüzden Zach'le birlikte yürüyerek gittik. Oraya vardığımızda Maisie Miller annesiyle birlikte Jodi'nin evinin önünde bekliyordu. Maisie uzun ve kalın bir kaban giymişti. Ellerinde eldiven, kulağında da tüylü kulaklıklardan vardı. Hava da öyle soğuk değildi aslında, hatta Zach'in üzerinde sadece bir tişört vardı.

Maisie'nin annesi ona sıkıca sarıldı ve bize dönüp: "Minik meleğime iyi bakın olur mu? Bir taneciğime bir şey olursa dayanamam!"

dedi. Biz de tamam dedik. Jodi'nin evine çıktığımızda Maisie pencereden annesine el sallayıp her şeyin yolunda olduğunu söylemeden kadın arabasına binmedi. Sonra Maisie'ye montunu çıkarması için yardım ettim çünkü o kadar şeyin içinde pek hareket edemiyordu. Montu çıkardığımda altında BİR TANE DAHA mont olduğunu gördüm. Çok garipti. Ama zaten Maisie'nin KENDİSİ biraz garip. O yüzden bir şey demedim.

Ardından Jodi'nin annesi bize evi GEZDİRDİ. Aslında Zach ve ben Jodi'lere milyonlarca kez gelmiştik ama bu Maisie'nin ilk seferiydi. O yüzden evi tekrar GEZMEMİZ gerekiyordu.

Maisie şaşkın bir halde etrafa bakıyordu. Sanırım hiç Jodi'lerinki gibi bir ev görmemişti. Jodi'nin annesi televizyondaki şu EVİNİZİ BAŞTAN YARATIYORUZ adlı programı izliyordu. Hani insanların evlerine geliyorlar ve "sıradan evinize biraz çılgınlık katalım" diyerek her tarafı rengârenk boyayıp yepyeni eşyalar yerleştiriyorlar. Programı ben de ara sıra izliyorum. Özellikle ev sahiplerinin gözlerini açıp evin berbat bir hale geldiğini fark ettiklerinde yüzlerinin aldığı hali görmek çok eğlenceli!

Jodi'nin evi bir prenses sarayına benziyor. Her şey pembe veya altın rengi. Her şey parlıyor. Jodi ve annesi aynı odada uyuyorlar.

Çünkü annesi onların anne-kız gibi değil, iki kız kardeş gibi olduklarını söylüyor. Hatta yatakları bile şu iki katlı ranzalardan. Bence harika!

Hatta bir ara anneme de ranza alabilir miyiz diye sordum ama hayır dedi. Ben de ona

Jodi'nin ranzası olduğunu ve annesiyle birlikte orada yattıklarını anlattım. Annem de dedi ki, eğer ranza istiyorsam onunla aynı odayı paylaşmak zorunda kalırmışım. O yüzden artık ranza istemediğime karar verdim. Çünkü odamın sadece bana ait olmasını isterim. Ayrıca annem HORLUYOR.

Aslında Jodi'lerin bir yatak odası daha var. Orayı da eskiden güzellik salonu olarak kullanıyorlarmış. Jodi'nin annesi eskiden orada kadın müşterilerinin tırnaklarını boyuyor ve bıyıklarını alıyormuş. Şimdi ise odayı bir kayıt stüdyosuna çevirmiş ve şarkı alıştırmalarını orada yapıyormuş.

Evi GEZMEMİZ bitince Maisie'nin

montlarını Jodi'nin annesine verdik ve Jodi'nin odasına geçtik. Jodi kapıya bir tabela astı, üstünde

yazıyordu. Yatak çarşaflarını kaldırıp yere serdik ve üstlerine oturup bir daire oluşturduk. Jodi "Hazır mısınız?" dedi. "Hazırız" dedik. Jodi de gizli toplantının başladığını ilan etti. Notları benim alacağımı söyledim çünkü liste yapmakta ve organizasyon işinde iyiyimdir. Ardından Jodi "Sanırım bayan Jones'un nesi olduğunu biliyorum" dedi. Hepimiz susup

dinlemeye başladık. "Bence bayan Jones bir UZAYLI. Kulağına yavru uzaylılar girip beynini ele geçirmiş. Tıpkı Zach'in anlattığı o filmdeki gibi!"

Bence de bu mümkündü. Hem neden durup dururken bize iyi davranmaya başladığını da açıklıyordu.

Yine de hepimiz şok olmuştuk. Öğretmenimiz bir uzaylı mıydı yani şimdi? "Bence kesin bir UZAYLI İSTİLASI planlıyor!" diye bağırdı Zach. "Okul müdürünün kulakları da o yüzden çınlıyor! Bayan Jones kulağına bir yavru uzaylı soktu ve onu da uzaylıya çevirdi. Sırayla hepimizi uzaylıya çevirecek!"

Maisie yere uzanıp bir süre öylece kaldı.

Karanlıkta Parlayan Çilekli Süt

Maisie yerden kalkana kadar bekledik. Sonra da salona gidip Jodi'nin annesinin bilgisayarını açtık ve uzaylılarla ilgili araştırma yapmaya başladık. İnternette uzaylılarla ilgili çok fazla bilgi ve resim vardı. Ama bu resimlerden bazıları birazcık korkunçtu ve Maisie hafifçe titremeye başlayınca Jodi'nin annesi,

"Bu kadar internet yeter, şimdi kek vakti" diyerek bizi bilgisayarın başından kaldırdı. Kekin yanında Jodi'nin annesinin kendi yaptığı çilekli süt vardı. Çok da güzeldi.

Maisie daha önce Jodi'nin annesinin çilekli sütlerinden hiç içmemişti. Hatta başlangıçta biraz korktu çünkü sütün rengi ÇOK pembeydi (neredeyse karanlıkta parlayabilecek bir pembe). Ama bir kere deneyince çok sevdi ve tam beş bardak içti.

Artık bilgisayarı kullanamadığımız için araştırmamız yarım kalmıştı.

Zach onun yerine tıpkı televizyondaki gibi insanlarla röportaj yapmamızı önerdi. Jodi de bunun HARİKA bir fikir olduğunu söyledi. Ben de onlara araştırmanın başında benim olduğumu, o yüzden şimdi ne yapacağımıza onların değil benim karar vereceğimi söyledim. Ama röportaj fikrini ben de HARİKA bulmuştum. O yüzden öyle yapmaya karar verdik.

Röportajı Jodi'nin annesiyle yaptık, çünkü etrafta başka kimse yoktu. Ona UZAYLILARLA ilgili neler bildiğini sorduk. O da bizi karşısına oturtup anlatmaya başladı.

Notları alırken Maisie'den yardım istemek zorunda kaldım, çünkü Jodi'nin annesi çok fazla şey anlattı. Öğrendiklerimiz özetle şunlardı:

UZAYLILAR

1. İyi kalplidirler.
2. Barışçıldırlar.
3. Dünya'ya yeni arkadaşlıklar kurmak için gelirler.
4. Düşünceleri okuyabilirler.
5. Herkesin sandığı gibi yeşil değil, çok güzel yaratıklardır. (Bazen karanlıkta parlarlar.)

Röportajın sonunda Jodi'nin annesine daha önce bir uzaylıyla tanışıp tanışmadığını sorduk. "Hayır henüz değil, ama çok isterim" dedi.

Röportaj için ona teşekkür ettik ve odaya çekildik. Artık bayan Jones'un GERÇEKTEN de bir uzaylı olduğunda hemfikirdik. Çünkü durup dururken bize çok iyi davranmaya başlamıştı (madde 1). Bizi azarlamayı bırakmıştı (madde 2). Sınıfta oturup kötü kokulu hazır çorbasını içmek yerine artık öğlen yemeğini DIŞARIDA yiyordu (bu da madde 3 olabilirdi pekâlâ).

Maisie, madde 5'de yazdığı gibi bayan Jones'un karanlıkta parlamasından korktuğunu söyledi. "Madde 5'i boş ver!" diye çıkıştım. "Esas madde 4'e bak! Eğer bayan Jones düşüncelerimizi okuyabiliyorsa onun UZAYLI olduğunu BİLDİĞİMİZİ BİLİYOR demektir."

Hemen buna karşı bir plan yaptık: Bayan Jones sınıfta bize doğru baktığı zaman içimizden çok yüksek sesle "LA LA LA LA" diye şarkı söyleyecektik. Böylece düşüncelerimizi okumaya çalıştığında "LA LA LA LA LA"dan başka bir şey duyamayacaktı.

"İdare görevlilerinin söyledikleri ne olacak peki?" diye sordu Jodi. "Bayan Jones'un oyuncak ayısının saatli bir bomba olduğunu söylemişlerdi! O konuda ne yapacağız?"

"BİR DAKİKA!"

diye bağırdı Zach. Hepimiz yerimizden sıçradık, Maisie de hafif bir çığlık attı. "İdareciler bayan Jones'un uzaylı olduğunu biliyorlarsa bu onların da uzaylı olduğu anlamına gelmez mi?" dedi Zach. Maisie bunu duyunca o kadar korktu ki her yer çilekli süt oldu.

Planlar, Şaşırtmacalar ve Kokulu Ayaklar!

Cuma günü Zach ve ben okula gitmek için çok erken çıktık. İdare görevlilerinin de uzaylı olup olmadıklarını anlamak için bir plan yapmamız gerekiyordu. Gizli Oda'ya vardığımızda Jodi çoktan orada bekliyordu. "Bütün gece HİÇ UYUMADIM" dedi. "İlk zil çalmadan önce sadece yirmi dakikamız var o yüzden DİKKATLİ DİNLEYİN!"

Zach Maisie'nin nerede olduğunu sordu. Jodi de Maisie dün çok fazla kustuğu için annesinin onu doktora götürdüğünü söyledi. Maisie'nin annesinin dediğine göre kulaklarında da bir enfeksiyon olma ihtimali varmış çünkü bütün gece "KULAKLARIM ÇINLIYOR" diye bağırıp durmuş.

Sonra Jodi'nin planını dinledik ve dün annesi uyuduktan sonra yatakta gizlice hazırladığı listelere ve çizimlere göz attık. "Sorusu olan var mı?" dedi Jodi. Zach de "İdare görevlileri bizi yakalarsa ne yapacağız?" diye sordu. Jodi de "O ihtimali KAFANIZDAN SİLİN!" dedi. Biz de tamam dedik.

Sınıfa döndüğümüzde Bayan Jones'un orada olduğunu gördük. Oyuncak ayısı da yanındaydı. Daha önce fark etmemiştim ama ayı oldukça garip görünüyordu. Gülümsemesi bir acayipti ve gözleri çok parlaktı.

Hâlâ öğretmenimizin bu oyuncak ayıyla ne yapacağını bilmiyorduk. Bildiğimiz tek şey onun bir çeşit SAATLİ BOMBA olduğuydu!

Jodi ayıya baktı. Baktıkça gözlerinin korkuyla büyüdüğünü gördüm. Jodi normalde hiçbir şeyden korkmaz!

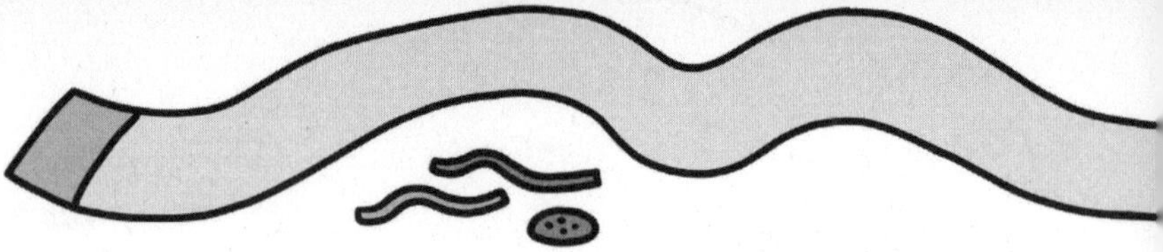

Bir keresinde anneannesinin tavan arasına çıkıp yerde kocaman bir yılan derisi bulduğumuz zaman bile korkmamıştı (bu orada kocaman bir yılan olduğu anlamına geliyordu!). Ben hemen korkup aşağı inmiştim ama Jodi yerden bir süpürge aldı ve uzunca bir süre "HSSSSS, HSSSSSSS" diye tıslayarak yılanı saklandığı yerden çıkarmaya çalıştı. Sonra anneannesi yanımıza geldi ve "Ne yapıyorsunuz siz burada allah aşkına?" diye sordu. Ben de ona bir yılan derisi bulduğumuzu söyledim. Kadıncağız panik içinde "Jodi, çabuk aşağı gel!" diye bağırarak ikimizi de aşağıya indirdi ve hemen telefona koşup ilaçlama servisini aradı. Az sonra yeşil

kırmızı renkli ilaç minibüsü evin önüne yanaştı ve görevli bir adam elinde aletleriyle tavan arasına çıktı. Sonra bulduğumuz derinin bir yılan derisi değil, Jodi'nin anneannesinin eskimiş bir külotlu çorabı olduğunu öğrendik.

Neyse, ne diyordum... Bayan Jones o gün de bize çok iyi davranıyordu. Biz de ilk teneffüs bitene kadar bekledik ve planımızı uygulamaya koyduk.

Zach elini kaldırıp tuvalete gitmek istediğini söyledi. Öğretmen de tamam diyerek ona bir izin kâğıdı uzattı. Birkaç dakika sonra Jodi, Gizli Oda'da bulduğumuz eski bir beyaz tebeşiri yüzüne boylu boyunca sürdü ve bembeyaz yaptı. Artık hazırdık!

"Öğretmenim BAKIN!" diye seslendim. "Galiba Jodi hasta oldu!"

"Maisie Miller'a olan şey bana da oldu sanırım" dedi Jodi halsiz bir ses tonuyla. Bayan Jones ona şöyle bir bakış attı. Sonra bana dönüp onu hemen revire götürmemi söyledi. Böylece sınıftan çıktık. Jodi gerçekten kusacakmış gibi kambur bir şekilde yürüyordu. Ama koridordaki köşeyi döner dönmez doğruldu ve koşmaya başladık.

İdare odasının önündeki merdivenlerde Zach'le buluştuk. Planımız şöyleydi: İdare görevlilerini dışarı çıkaracak ve içeride UZAYLI DELİLİ arayacaktık. Uzaylılar sandviç veya pizza gibi normal yiyecekler

yerine uzaylı yiyecekleri yiyor olmalıydılar. Yani içeride uzaylı yiyeceği bulursak görevlilerin de uzaylı olduğundan emin olacaktık.

Zach bir ŞAŞIRTMACA yapmamız gerektiğini söyledi. Araştırmamızı rahatça yapmak için bütün idarecilerin dışarı çıkmasını sağlayacak bir fikir bulmalıydık. Aklıma 6S sınıfının geçen hafta öğretmenler odasında yaptığı kek satışı geldi. O gün ofisten izin kâğıdı almam gerekiyordu ve görevliler keklerini ve çaylarını alıp dönene kadar BİNLERCE SAAT beklemek zorunda kalmıştım. İşte bulmuştum! Hemen Zach'e döndüm ve görevlinin camını tıklatıp 6S sınıfının öğretmenler odasında kek satışı yaptığını söylemesini

istedim. Ama bu yalan söylemek anlamına geleceği için itiraz etti. Jodi de ona, sınıftan çıkmak için bayan Jones'a tuvalete gideceğini söylediğini, yani yalan söylediğini hatırlattı. "Ama o gerçek bir yalan sayılmaz" dedi Zach. "Bayan Jones insan değil, uzaylı. Uzaylılara yalan söyleyebiliriz."

Ben de idare görevlilerinin de uzaylı olduklarını, o yüzden onlara da yalan söyleyebileceğimizi, eğer olur da uzaylı olmadıklarını öğrenirsek, Jodi'nin annesinin fırınından bir kutu kek getirip onlardan özür dileyebileceğimizi söyledim.

Bunun üzerine Zach tamam dedi. Ofisin camına yaklaşıp eliyle tıklattı ve içerideki kadına öğretmenler odasında kek satışı yapıldığını söyledi. Veee... İşe yaradı! Hepsi birden dışarı çıktı. İçeride ne kadar çok kadının çalıştığını daha önce fark etmemiştim çünkü odanın koridora açılan penceresi biraz yüksektir ve oradan bakarken sadece camdan kafasını uzatan görevliyi ve onun burun kıllarını görebilirsiniz.

Görevliler gider gitmez camdan içeri tırmanıp ofise girdik. "İşte bu kadar!" dedi Jodi. "Artık geri dönüş yok!" Ben de Jodi'ye dönüp çok CİDDİ bir ifadeyle başımı salladım. Jodi Zach'e kapıda nöbet tutmasını söyledi ama Zach çoktan dosya dolabını

açmış UZAYLI DELİLİ arıyordu. İş başa düşmüştü! Hemen camın önündeki sandalyeye tırmanıp gelen var mı diye koridoru gözlemeye başladım. O anda masanın üzerindeki imza kâğıdı gözüme çarptı.

Eğer sabah okula BİR SANİYE bile geç kalsanız idare görevlileri bu kâğıda imza atmanızı istiyorlar. Hatta yolda ters dönmüş bir kaplumbağa görüp onu parktaki göle götürdüğünüz için geç kalmış olsanız bile anlayış göstermiyorlar. Düşünsenize! Hayvancağız kaldırımda ölsün mü yani? Bunun aynısı bir gün başıma gelmişti. Sonra da okuldan evimize bir kâğıt geldi ve üzerinde okula iki kez GEÇ geldiğim yazıyordu. Annem kâğıdı görür görmez, "BU NEDİR Izzy?" diye sordu.

Ben de ona ters dönen bir kaplumbağa yüzünden geç kaldığımı söyledim. Ama ikincisinin sebebini söyleyemezdim. Çünkü o babamın hatasıydı (banyo kapısı) ve "Sakın annene anlatma" demişti. Ben de mecburen ikinci seferde de ters dönen bir kaplumbağa yüzünden geç kaldığımı söyledim. Annem de sinirlenip beni odama yolladı.

Neyse... İmza defterini görünce hemen diğerlerine döndüm ve "Bakın!" diye seslendim. Jodi "ŞŞŞŞŞŞŞŞTT!" yaptı. Zach korkuyla "Geri mi geldiler? Geri mi geldiler?"

diye sordu. Ben de hayır dedim ve imza kâğıdını kaldırıp onlara gösterdim:

İMZA KÂĞIDI

Maisie Miller – 4J Sınıfı
Saat 10:05

"Ama şimdi sınıftan çıktık, Maisie orada değildi" dedi Zach şaşkınca. "Kâğıdı imzaladıysa niye sınıfa gelmedi ki?"

O anda aklımdan korkunç bir düşünce geçti. "Ya idareciler onu yakaladıysa?" diye kekeledim. Jodi'nin gözleri büyüdü.

"Kulağına bir yavru uzaylı sokulmadan onu bulmalıyız" dedi Zach.

O anda koridordan klap klap diye yürüyen kadın ayakkabısı sesleri duyduk. Odanın penceresinden kafamı hafifçe çıkarıp koridora baktım ve görevli kadınlardan birinin geri geldiğini gördüm. "Dışarı çıkmak için çok geç! SAKLANIN!" dedi Jodi ve hemen koşup bir perdenin arkasına geçti. Zach ve ben ise nereye saklanacağımızı bilemedik. Hepimiz birden perdenin arkasına sığmazdık. O yüzden apar topar masalardan birinin altına girdik.

Görevli kadın içeri girip kapıyı kapattığında hepimiz nefesimizi tuttuk. Kapana kısılmıştık!

Tam Zach'e bir ŞAŞIRTMACA daha yapmamız gerektiğini fısıldayacaktım ki görevli kadın altına saklandığımız masaya oturuverdi! Bacakları bize değmesin diye masanın arka duvarına iyice yapıştık. Kadın ayağını sallayarak ayakkabılarından birini fırlattı ve tam Zach'ı kafasından vurdu. Anında Zach'in ağzını kapatıp bağırmasına engel oldum.

Kadın ayak parmaklarını açarak oynatmaya başladı. Bir yandan da bilgisayarının klavyesine PIT PIT diye bir şeyler yazdığını duyuyorduk. Yakalanırsak başımıza neler gelecekti kim bilir! Belki bizi doğrudan müdüre gönderirdi. Peki ya okul müdürü de bir uzaylıysa?! Belki de müdüre götürmek yerine

gözlerinden çıkan lazerlerle bizi yakardı veya doğrudan bizi yerdi. Ya da zavallı Maisie'ye yaptıkları gibi kulağımızdan içeri bir yavru uzaylı sokardı.

Zach güçlükle nefes alarak önünde duran ayağı işaret etti. Gösterdiği yere bakınca görevli kadının serçe parmağını gördüm. Hiç de normal bir ayak parmağına benzemiyordu. Üzerinde, görmek için mikroskopla bakmanızı gerektirecek kadar miniminnacık bir tırnak parçası bulunan güdük bir parmaktı. Bunun bir UZAYLI DELİLİ olduğundan emin değildim ama kesinlikle garipti. Kadın ayak parmaklarını oynatmaya devam etti. Zach gözünü onlardan alamıyordu.

Masanın altı iyice ayak kokmuştu. Kadının sallanan ayağı da az kalsın Zach'e değecekti. Kokudan öksürmemek için kendimi zor tutuyordum. Kesin yakalanacağız diye düşünüyordum ki, biri girişteki zili çaldı.

Görevli kadın ayak parmaklarını sallamayı bıraktı ve söylenmeye başladı. Ama yerinden kıpırdamadı! Tam iki dakika boyunca bilgisayarına bir şeyler yazmaya devam etti. Sonunda yerde ayaklarını oynatarak ayakkabılarını aradı. Masanın altına eğilip bakmasın diye onları hemen ayağının yanına ittirdik. Söylenmeye devam ederek kalktı ve koridora açılan pencereye doğru salına salına gitti.

Ne olacak diye bekliyorduk ki, dışarıdan ince bir sesin görevliye bağırdığını duyduk: "Çabuk gelin! Birisi kızlar tuvaletinde kilitli kaldı!" Sesi tanımıştık... Maisie'ydi bu! Bizi kurtarmıştı!

Görevli kadın "BİR DAKİKA huzur vermezsiniz insana!" diye söylendi ve klap klap sesleriyle yürüyerek uzaklaştı. Ardından Maisie'nin fısıltısını duyduk: "ÇABUK! Geri dönmeden önce oradan çıkın! Gizli Oda'da buluşuruz!"

Hemen saklandığımız yerden fırladık. "BAKIN!" diye bağırdı Zach. Bize odanın içindeki başka bir kapıyı gösteriyordu. O kapı nereye açılıyor bilmiyorduk ama diğer

görevli kadınların da seslerini duymaya başlayınca çok düşünmeden açtık ve diğer tarafa geçtik. Çünkü neresi olursa olsun, pis kokulu uzaylı ayaklarıyla aynı masanın altında kalmaktan iyidir.

İçeri girip kapıyı arkamızdan kapattık ama nerede olduğumuzu fark ettiğimiz anda donup kaldık:

Burası müdür yardımcısının odasıydı!

Burada OLMAMAMIZ Gerekiyor!

Müdür yardımcısı korkunç bayan Seith'in odasında olduğumuza inanamıyordum. Buraya daha önce geldiğimiz için onun odası olduğunu biliyorduk. Geçen yıl bir keresinde Jodi, annesiyle birlikte vejetaryen olmaya karar verdiklerini söylemişti. Annesinin internette okuduğuna göre bütün ünlüler vejetaryenmiş ve vejetaryen insanların saçları uzun ve parlak olurmuş.

Sonra öğlen yemekhaneye gittiğimizde yemekhane görevlisi Jodi'ye ne istediğini sordu. Jodi de "Vejetaryen yemeği istiyorum" dedi. Görevli vejetaryen yemeği olarak bir tek lahana (ıyyk!) olduğunu söyledi. Jodi de lahana sevmediğini ve vejetaryen hamburgeri istediğini söyledi. Görevli de öyle bir şeyleri olmadığını söyleyerek Jodi'nin tabağına koca bir kaşık lahanayı löp diye bıraktı.

Jodi bunun üzerine bir JÇ (Jodi Çıldırması) geçirdi ve çığlıklar atarak İNSAN HAKLARININ çiğnendiğini ve annesini çağıracağını

söyledi. Ertesi gün okul yemekleri ve insan haklarıyla ilgili bir poster hazırladık ve yemekhanenin duvarına astık.

Tabii sonra hepimiz müdür yardımcısının odasına gönderildik. Oraya ilk gidişimiz işte böyle olmuştu.

Ama Zach, ben ona söyleyene dek nerede olduğumuzu bilmiyordu. Çünkü Zach usludur ve bizim gibi pek yaramazlık yapmaz. Yaptığı zaman da hemen ağlamaya başlar ve böylece fazla ceza almadan kurtulur.

Neyse... Zach nerede olduğumuzu öğrenince panikledi. Çünkü içimizde bayan Seith'ten en çok o korkar. "Geri gelmeden buradan hemen çıkıp gidelim, haydi!" diye bağırdı. Ama Jodi hazır içeri girmişken etrafa bir göz atıp delil arayabileceğimizi söyledi. Ayrıca idare görevlileri hemen yan odadaysa muhtemelen bayan Seith'in de uzaylı olabileceğini ekledi.

Bayan Seith normal bir insanken de yeterince korkunçtu zaten. O yüzden ben de orada kalmak istemiyordum. Ama Jodi'yle tartışmak faydasızdı, çünkü yüzünde O BAKIŞ vardı. Geçen yıl bahar şenliklerinde üç bacaklı koşu yarışını ikimizin kazanması gerektiğini söylediği zamanki BAKIŞIN aynısıydı. Kazanmayı kafasına koymuştu ve iki hafta boyunca bütün teneffüs ve öğle aralarında ikimize pratik yaptırdı. Sonra Lynsey Perry yanımıza gelip yarışı Ashley Todd ile İKİSİNİN kazanacağını söyleyince Jodi bana dönüp "İŞ İYİCE CİDDİYE BİNDİ!" dedi. Bunun anlamı şuydu: O hafta sonu Jodi'lerde kalacaktım ve pratik yapmaya devam edecektik. Jodi bütün hafta sonu boyunca (tuvalet ve duş vakitleri hariç) bacaklarımızı birbirine bağlı tuttu. Ama işe yaradı! Yarışı bir kilometre fark atarak kazandık. Kupayı kaldırdığımızda Lynsey Perry çok sinirlendi.

Yani kesinlikle uğraştığımıza değmişti.

Neyse... Müdür yardımcısının odasında UZAYLI DELİLİ aramaya başladık. Bütün

çekmecelere ve dolaplara bakmayı tam bitirmiştik ki, Zach, kitaplıktaki bütün kitapların içlerine bakmamız gerektiğini söyledi. Bir televizyon programında görmüş, bazen yaşlı insanlar bir şeyler saklamak için bu yöntemi kullanırmış: Kitaplıklarına koydukları kitapların bazıları aslında gerçek kitap değil, içinde gizli bölmeleri olan kutularmış. İçlerinde de mücevherler ve diğer gizli şeyler olurmuş. Bunun üzerine tek tek kitaplara bakmaya başladık. Biraz sonra Jodi "DELİL!" diye fısıldadı. Bayan Seith'in çantasında öğle yemeği kutusunu bulmuştu. İçinde küçük balıklar vardı. "UZAYLI YİYECEĞİ!" dedi Zach.

O anda bir sifon sesi duyduk. Etrafa biraz

daha dikkatli bakınca bayan Seith'in odasında üç kapı olduğunu fark ettik. Kaçarken geçtiğimiz kapı idare odasına açılıyordu ve iki kapı daha vardı. "Müdür yardımcısının kendi tuvaleti var!" dedim, sifon sesinin geldiği kapıyı göstererek. Üçüncü kapı da koridora açılıyor olmalıydı. Hemen kendimizi dışarı attık ve Gizli Oda'ya varana kadar da durmadık.

Dil Tutulması (Kötü anlamda)

Gizli Oda'ya vardığımızda Maisie bizi orada bekliyordu. Zach koşup ona sarıldı: "Seni yakaladıklarını sandık Maisie!" dedi. Ben de "Nerelerdeydin sen?" diye sordum. Jodi de yaklaşıp Maisie'nin kulaklarını kontrol etti.

Maisie o sabah annesinin onu doktora götürmek istediğini anlattı, çünkü dediğine göre dün gece resmen ÖLÜM DÖŞEĞİNDEYMİŞ. Ama gittikleri doktorun sekreteri onlara bugün için randevuların dolu olduğunu söylemiş. Bunun üzerine annesi onu büyük bir hastaneye götürmüş. Oradaki doktor da Maisie'nin kulaklarında bir sorun olmadığını söylemiş ve "Bazen çocuklar tıpkı kediler gibi sebepsiz yere kusabilirler" demiş.

Annesi bunu duyunca sinirlenip "Benim kızım KEDİ DEĞİL!" diye bağırmış ve başka bir doktor istemiş. Başka bir doktor gelip bakmış. Bu doktor kediler hakkında bir şey söylememiş, sadece Maisie'nin kulaklarına bakmış, ateşini ölçmüş ve gayet sağlıklı olduğunu söylemiş. Annesi de onu okula bırakmış.

"Sanırım CİDDİ bir sorunumuz var" dedi Maisie. Çantasından bir şey çıkarıp bize uzattı. "İdare odasındaki imza kâğıdını imzalamaya gittiğimde görevli kadın hasta olduğum için bana bunu verdi" dedi. Elindeki şey bir çikolataydı. Hem de SÜTLÜ!

"KUVVETLİ BİR DELİL" dedi Jodi. Haklıydı. Çünkü normalde görevli kadınlar bırakın çikolata vermeyi, bizimle hiç ilgilenmezler bile. Bunun tek bir açıklaması olabilirdi: İdare görevlileri GERÇEKTEN DE uzaylıydılar!

O anda Maisie'nin sesi garipleşmeye başladı. Sesi o kadar titriyordu ki ne dediğini pek anlayamıyordum. Bir keresinde konferans salonunda sunum yaparken bana da aynısı olmuştu. Elimde okumam gereken çok uzun bir yazı vardı. Herkes bana bakıyordu. Bir yandan da büyük çocuklar parmaklarıyla beni göstermip gülüyorlardı. Metni okumaya çalıştıkça midem bulanıyor, ellerim terliyor ve sesim titriyordu. Neredeyse ağlayacaktım.

"Bir konu daha var" dedi Maisie yavaşça. Zach hafifçe yutkundu. "Görevli kadın ofis penceresinden elini uzatıp saçımı okşamaya çalıştı" dedi Maisie. "Galiba kulağıma bir yavru uzaylı sokmaya çalışıyordu. Ben de dönüp kaçtım!"

Sonra da, bayan Jones'un geri dönmüş olabileceğinden korktuğu için

sınıfa gelmeye cesaret edemediğini ve Gizli Oda'ya saklandığını anlattı. Ardından bizim merdivenden inip ofise doğru gittiğimizi duymuş ve bizi izlemiş.

"Gerçekten de tuvalette kilitli kalan biri var mıydı?" diye sordu Jodi.

"Galiba bu sadece bir şaşırtmacaydı değil mi Maisie?" dedi Zach.

Maisie "Evet" dedi. Bunun üzerine hepimiz ona çok cesur olduğunu söyledik ve bizi kurtardığı için teşekkür ettik.

Jodi, Maisie'ye müdür yardımcısının odasında başımıza gelenleri ve balıklı uzay yiyeceklerini anlattı. Ama Maisie'nin gözleri dinlerken garip garip dönmeye başlayınca

Zach hepimizin oturup sakinleşmesinin daha iyi olacağını söyledi ve hepimize birer soğuk çay koydu. Bu sefer çayları içmemizin iyi olacağını, annesinin ve anneannesinin böyle durumlarda sakinleşmek için hep çay içtiklerini anlattı. Biz de içtik.

Çaylarımız bitince Jodi BİR AN ÖNCE sınıfa dönmezsek bayan Jones ve diğer uzaylıların şüphelenmeye başlayabileceğini söyledi ve ekledi: "Peşlerinde olduğumuzu biliyor olabilirler, o yüzden DOĞAL davranmaya çalışın!" Biz de tamam dedik. Ama Maisie'nin yüzü gitgide beyazlaşmaya başlamıştı; neredeyse tebeşirle boyanmış gibi beyaz oldu.

Jodi, artık bir takım olduğumuzu söyledi ve gitmeden önce daire oluşturup ellerimizi birleştirmemizi istedi. Zach takımımız için şöyle bir isim önerdi:

UZAYLILARI ALT
ETME TAKIMI

Ama Jodi'ye göre bu isim fazla uzundu. Ben de bunun üzerine daha kısa bir isim önerdim:

Maisie de bu ismi çok korkunç ve vahşice buldu. Biz de bir isim kullanmamaya karar verdik. Zaten ismimizin ne olduğu o kadar da önemli değildi. Başka bir planımız vardı.

Sınıfa döndüğümüzde bayan Jones yokluğumuzun uzun sürdüğünü fark etmemiş gibiydi. Şeytani bakışlı oyuncak ayısıyla dans edip şarkı söylemekle meşguldü. Diğerleri de dans ediyordu. Biz de hiçbir şey olmamış gibi sessizce aralarına katıldık. Ama niye sınıfın ortasında dans ettiğimizi anlayabilmiş değildim.

Genelde sadece folklor dersindeki haşlama et kokan bayan Small bizi dans ettirir. Yani Jodi'nin dediği gibi doğal davranmak pek de kolay değildi, çünkü şu anki durum hiç de DOĞAL değildi. Normalde sabah saat on bir buçukta sınıfın ortasında dans etmek yerine dilbilgisi dersi yapardık.

Tam Zach'e, yerimize oturup öğretmenimizi izlemeyi önerecektim ki bayan Jones bir anda çığlık atarak ellerini çırptı: "GARY! Ne güzel dans ediyorsun sen öyle!"

Gary Petrie etrafında bir tur döndü, havaya zıpladı ve bana dönüp koskocaman bir gülümsemeyle "Bugün harika görünüyorsun Izzy, benimle dans eder misin?" dedi. O anda

DİLİM TUTULDU!

Bir keresinde okul müdürümüz okulumuzu YEŞİL OKUL'a çevirmek istediğini söylemişti. (Yeşil okul çöpleri yeniden kullanmak üzere biriktiren ve çevremizi koruyan bir okul demekmiş, ama Jodi ve ben bunu o sırada bilmiyorduk tabii...)

Jodi'yle ikimiz önce çöplerin toplanmasına yardım ettik. Sonra da babamın alet dolabından yeşil boya alıp okul idaresinin kapısını, tuvaletleri, merdivenleri ve otoparktaki iki arabayı yeşile boyadık. Yaptıklarımızı görünce okul müdürünün DİLİ TUTULDU.

Annem demişti ki, insanın hem İYİ anlamda hem de KÖTÜ anlamda dili tutulabilirmiş. Jodi'ye göre bay Murphy'nin İYİ ANLAMDA dili tutulmuştu, çünkü çok iyi iş başarmıştık ve bakanlık kesinlikle bize Yeşil Okul Kupası'nı verecekti. Ama bence bay Murphy'nin KÖTÜ ANLAMDA dili tutulmuştu, çünkü biraz ağladı.

Neyse... Dediğim gibi, Gary Petrie köfte gibi tombik parmaklarıyla elimi tutmaya ve benimle dans etmeye çalıştığında kesinlikle KÖTÜ ANLAMDA dilim tutulmuştu! Jodi'ye baktığımda onun da benim gibi ağzı bir karış açık bakakaldığını gördüm. Ters giden bir şeyler vardı. Gary nazik davranıyor ve dans ediyordu. Gary dans etmeyi sevmezdi ki! Bayan Small ne zaman folklor dersinde bizi dans ettirmeye çalışsa, Gary dansın kızlar için olduğunu söyler ve yerinden kalkmayı reddederdi. Tabii sonunda müdür yardımcısının odasına gönderilirdi.

Bayan Jones, Gary Petrie'nin de kulağına bir uzaylı yerleştirmiş olmalıydı.

Başlar Aşağı Başparmaklar Yukarı!

Günün geri kalanında mümkün olduğunca doğal davranmaya çalıştık. Ama KİMSENİN de kulaklarımıza yaklaşmasına izin vermedik.

Jodi hiçbir şekilde birbirimizden ayrılmamamız gerektiğini düşünüyordu. "DOĞAL DAVRANIN VE GÖZLERİNİZİ DAİMA DÖRT AÇIN!" dedi. Biz de öyle yaptık.

Öğleden sonra, bayan Jones dans etmekten yorulduğunu ve uykusunun geldiğini söyleyerek kitap okumamız için bizi serbest bıraktı. Ama ben kitap falan okumadım. Pür dikkat saate bakıyordum. Çıkış zili çalar çalmaz planımızın ikinci aşamasına geçecektik.

Zilin çalmasına tam on dakika kalmıştı ki bayan Jones yerinden kalktı. "EVEEET! Zil çalmadan önce BAŞLAR AŞAĞI, BAŞPARMAKLAR YUKARI oyunu oynamaya ne dersiniz çocuklar?" dedi. İşte şimdi korkmaya başlamıştım!

"Başlar Aşağı, Başparmaklar Yukarı" oyununu biliyorsunuzdur eminim. Ama hani belki unutmuşsunuzdur diye ne olduğunu anlatayım: Bu oyunda herkes başını sıraya koyar, gözlerini kapatır ve başparmaklarını yukarı kaldırır. Rastgele seçilen dört kişi de tahtanın önünde ayakta durur. Herkesin kafasını sırasına eğdiğinden ve kimsenin etrafa bakmadığından emin olduktan sonra, bu dört kişi sıraların arasında yürür ve rastgele birini seçip başparmağını sıkar. Dördü de birinin parmağını sıktıktan sonra tahtaya geri dönüp "Tamam" derler. Bunun üzerine herkes başını kaldırır ve gözlerini açar. Sonra öğretmen

"Başparmağı sıkılanlar AYAĞA KALKSIN!" der ve genellikle dört kişi ayağa kalkar. Ama bazen başparmağı sıkılmadığı halde sıkılmış numarası yapan biri de araya karışırsa beş kişinin de kalktığı olur. Ardından parmağı sıkılanlar kimin sıktığını tahmin etmeye çalışırlar. Doğru tahmin ederlerse parmak sıkan kişiyle yer değiştirirler.

Aslında çok eğlenceli bir oyundur ama çok uzun zamandır oynamamıştık çünkü bayan Jones bu oyunu hiç sevmezdi. Korkmamın da nedeni buydu zaten. HİÇ sevmediği bir oyunu neden şimdi oynamak istiyordu ki? Ama daha da korkutucu olan bir şey vardı: Başlarımızı eğip gözlerimizi kapadığımızda bayan Jones kulaklarımıza RAHATÇA erişebilirdi! Başparmaklarımız havada olacağı için kulaklarımızı parmaklarımızla da kapatamazdık!

Yetmiyormuş gibi bayan Jones ilk parmak sıkacak dört kişi içerisine KENDİSİNİ ve Gary Petrie'yi de kattı! Ne yapacağımı şaşırmıştım. Kafamı çevirip Zach'e baktığımda sıranın altından cep telefonuyla mesaj yazdığını gördüm. Şöyle yazıyordu:

Maisie'ye baktığımda çoktan başını sıraya koyup oyun pozisyonu aldığını gördüm. Ama başparmakları havada değildi; belli ki bayılmıştı. İşimiz bitmişti artık!

Dönüp bir de Jodi'ye baktım. Gözlerinde yine O BAKIŞ vardı. Ne yapacağını bilmiyordum ama bir şeyler yapacağı kesindi. Birkaç saniye sonra, bugüne dek gördüğümüz en büyük JÇ'yi geçirdi.

Sırasından çığlıklar atarak fırladı ve sandalyesi bir tarafa masası diğer tarafa uçtu. Bir yandan da "KAÇIIINNN!" diye bağırdı. Biz de kaçtık. Jodi defterleri, kalemleri ve cetvelleri ortalığa saçmaya devam etti. Gary Petrie yerinden kalkmaya çalışınca uçuşan defterlerden birini suratına yedi. Zach ve ben de Maisie'yi kol ve bacaklarından tutmuş kapıya doğru koşuyorduk. Çok hızlı davranmıştık,

çünkü başka çaremiz YOKTU. Bayan Jones da arkamızdan

"DURUN! NEREYE GİDİYORSUNUZ?!"

diye bağırdı. Tam kapıdan çıkacaktık ki, planımızın ikinci aşamasını hatırlayıverdim.

Bayan Jones'un garip oyuncak ayısını çalmamız ve bununla ne yapmayı planladığını öğrenip onu durdurmamız gerekiyordu. Çok korkmuş olmama ve neredeyse koridora varmış olmamıza aldırmadan dönüp öğretmenin masasına doğru koştum. Jodi arkamdan bağırdı:

"IZZY! YAPMAAAAAAAA!"

Kelle Uçurmak

Sınıfın içinde o kadar hızlı koşuyordum ki düşmemem mucizeydi. Bayan Jones da sıraların arasından hızla bana doğru geliyor ve "DUR DEDİM SANA! Ne yapıyorsun?!" diye bağırıyordu. Sınıfta herkesin korkudan donmuş bir halde bana baktığından emindim ama kafamı kaldırıp onlara bakacak vaktim yoktu.

Öğrenmenin masasından oyuncak ayıyı kaptığım gibi tekrar kapıya doğru kaçtım. İşte o anda korkunç bir şey oldu! Ayının içinde bir şey hareket etti!

O kadar korkmuştum ki neredeyse ayıyı yere düşürecektim. Ama Jodi'nin bağırışı beni kendime getirdi:

"IZZY, KAÇALIM!"

Ve kaçtık.

Kızlar tuvaletine doğru koştuk ama Zach içeri girmek istemedi. Onun yerine Gizli Oda'ya gitmemizi önerdi. Ama Gizli Oda çok uzaktaydı ve yolda müdür yardımcısı bayan Seith'e toslama ihtimalimiz vardı. Zil çalmadan sınıftan çıktığımızı görürse

İŞİMİZ BİTERDİ!

Başka çaremiz yoktu. Zach'i kolundan tuttuğumuz gibi kızlar tuvaletine soktuk ve kabinlerden birine girip kapıyı kilitledik.

Nefes nefese kalmıştık. Kendimi toplayıp diğerlerine döndüm ve "Bu oyuncak ayıda bir gariplik var, elime aldığımda içindeki bir

şey hareket etti!" dedim. Zach gözlerinde dehşet dolu bir ifadeyle baktı ve hayal görmüş olup olamayacağımı sordu. Tıpkı bir keresinde grip olduğumda Zach'in Carlos adlı kedisinin benimle İspanyolca konuştuğunu zannettiğim zaman olduğu gibi... "HAYIR, GERÇEKTEN HAREKET ETTİ!" dedim. Çok ciddi ve ağlamaklı bir sesle söylediğim için bana inandılar.

Jodi sakin olmamızı söyledi ve oyuncak ayıyı İNCELEMESİ için yavaşça ona vermemi istedi. Sonra ayıyı çok dikkatli bir şekilde elimden aldı ve parmaklarıyla her tarafını yavaşça yokladı. İşte o anda ayı TEKRAR HAREKET ETTİ! Maisie çığlık çığlığa bağırdı: "Yavru uzaylılar! YAVRU UZAYLILAR!!"

Bunun ne demek olduğunu hepimiz anlamıştık. Belli ki bayan Jones yavru uzaylıları

oyuncak ayısının içinde saklıyordu! Demek ki bu yüzden devamlı ona sarılıyordu. Jodi korkudan donup kalmıştı, çünkü ayı hâlâ elindeydi. "Ya idarecilerin dediği gibi patlarsa? O zaman uzaylılar dışarı fırlar!" diye fısıldadı.

Maisie elleriyle kulaklarını kapattı ve "Bir şeyler yap! ÇABUK!" diye viyakladı. "Onu toprağa gömelim!" dedi Zach. "Gömdükten sonra patlarsa uzaylılar dışarı çıkıp kulaklarımıza giremez!"

Jodi başıyla onayladı ve ayıyı dikkatli tutabildiği için onu TAŞIMA görevini de kendisi üstlendi. Bir kürek bulmalıydık.

HEM DE HEMEN!

"Bir dakika!" dedi Maisie. "Daha iyi bir fikrim var." Artık o kadar korkmuyor gibiydi. Yüzünde daha CİDDİ bir ifade vardı. "Ayının KELLESİNİ UÇURMALIYIZ!" dedi.

KELLE UÇURMANIN ne anlama geldiğini bilmiyordum. Zach açıkladı. Maisie oyuncak ayının kafasını koparmak istiyordu! Yavru uzaylılardan kurtulduğumuza emin olmanın en iyi yolunun, onları tuvalete atıp sifonu çekmek ve böylece öldüklerini "GÖZLERİMİZLE GÖRMEK" olduğunu söyledi. Bu fikir hepimize mantıklı geldi. Özellikle de Maisie onları gömersek toprağı kazıp çıkabilecekleri konusunda bizi uyarınca sifonun daha iyi bir çözüm olduğuna ikna olduk.

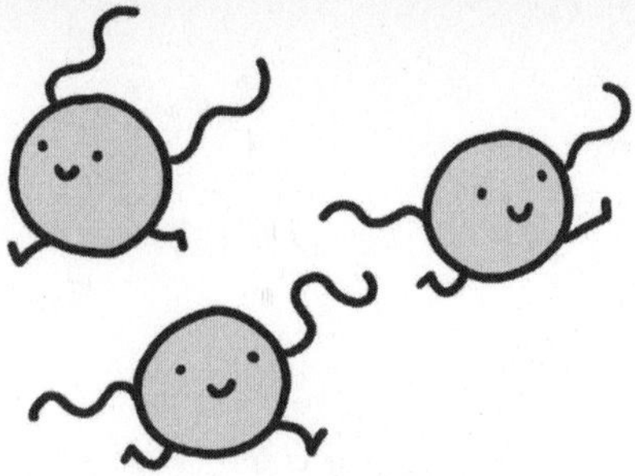

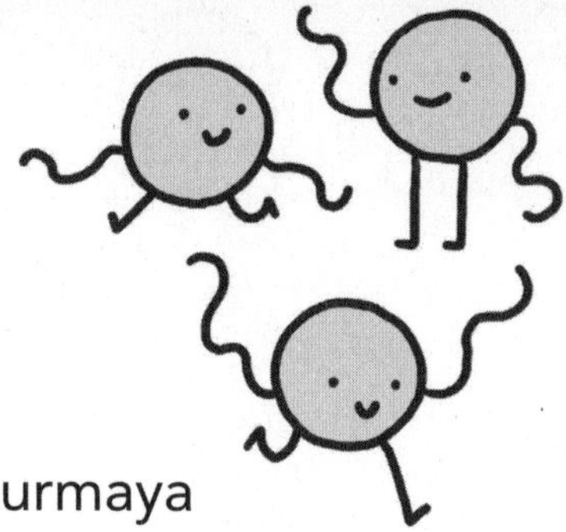

Tam ayının kellesini uçurmaya hazırlanıyorduk ki Jodi "Sizce yavru uzaylılar neye benziyordur?" diye sordu. Ben de muhtemelen yapışkan kol ve bacakları olan minik yeşil bezelyelere benzediklerini ve bayan Jones bir UZAYLI İSTİLASI planladığına göre ayının içinde bunlardan milyonlarcasının olabileceğini söyledim. Bunun üzerine Zach midesinin bulandığını söyledi. Kusmadan önce yandaki kabine geçmesini istedik.

Ayıyı gövdesinden sıkıca tuttum. Jodi de kafasından tutup tüm gücüyle çekmeye başladı, ama bir türlü kopmadı! Maisie de bir ucundan tutup asıldı, ama yine kopmadı! Sınıfa gidip büyük makası almaktan başka çaremiz olmadığını söyledim. O anda yan kabinden bir gümleme sesi duyduk ve kabinin altına bakınca Zach'ın ayaklarını gördük. Jodi "Ne yapıyorsun Zach?" diye sordu ama cevap gelmedi. Zach bayılmıştı.

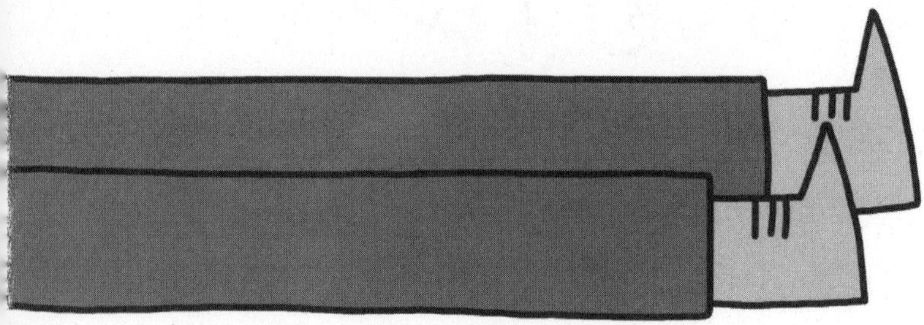

Zach'in daha önce hiç bayıldığını görmemiştik. Ama sorun yoktu, çünkü Maisie ne yapılması gerektiğini çok iyi biliyordu. Musluktan yüzüne biraz su serpti ve kendini daha iyi hissedene kadar onu Kurtarma Pozisyonu'nda tuttu.

Yine de Zach'in bayılmasına şaşırmıştım çünkü genellikle bir şeylerden korkup bayılan kişi Maisie'dir. Ayrıca Zach uzaylıları toprağa gömüp öldürmeyi kendisi önermişti. Jodi de aynı şeyi düşünüyor olmalıydı ki

Zach'e sordu: "Uzaylıları öldürmekten korkmuyordun hani?"

Zach de uzaylılar yüzünden bayılmadığını, uzaylıların bezelyeye benziyor olabileceğini söylediğim için bayıldığını söyledi. Zach'in BEZELYE FOBİSİ'ni unutmuştum. Bunun üzerine ona, uzaylıların muhtemelen bezelyeye değil, uzun yeşil fasulyelere benzediğini söyledim. Ama Zach yine sararmaya başlayınca sustum.

Oyuncak ayıyı klozetin arkasına sakladık ve çıkış zilinin çalmasını bekledik. Zilden sonra iki dakika daha bekledik. Jodi "Ortalık sakinleşti!" dedi. Yavaşça koridora süzüldük ve büyük makası almak için sınıfa doğru koşmaya başladık. Ama köşeyi döner dönmez 1B'nin öğretmeni bayan Ross'a tosladık.

"İŞTE BURADASINIZ!" dedi. "Sınıftan öyle koşarak kaçıp NE yaptığınızı sanıyorsunuz siz? Herkes sizi arıyor! Çabuk benimle gelin!"

Tam ona şu an neden onunla gelemeyeceğimizi açıklayacak bir hikâye uyduracaktım ki kol çantasında duran şeyi gördüm. Gözlerime inanamamıştım! Onda da başka bir OYUNCAK AYI vardı ve bayan Jones'un ayısıyla tıpatıp AYNIYDI!

Diğerleri de ayıyı görmüştü. Jodi şimşek hızıyla ayıyı çantadan kapıp bağırdı:

CANINI SEVEN KAÇSIN!

Artık sınıfa gidip makası almamız imkânsızdı. Mecburen dönüp koridordan aşağıya koşarak kaçtık. Bayan Ross da arkamızdan bağırıyordu: "DURUN DEDİM SİZE, KAÇMAYIN!" Ama tabii ki onu dinlemedik.

Okulun diğer ucuna varana kadar koşmaya devam ettik. Ama sonunda durmak zorunda kaldık çünkü koridorun sonuna gelmiştik ve gidecek başka yer yoktu. Ayrıca Zach karnının çok kötü ağrıdığını ve daha fazla koşamayacağını söyledi.

Maisie FECİ ŞEKİLDE titriyordu ve

"İki tane var! İki tane var! İKİ TANE VAR!" diye mırıldanıyordu.

Bu gerçekten de inanılmaz bir şeydi. Bir değil, İKİ TANE oyuncak ayı vardı! O anda Jodi "Birisi geliyor! SAKLANIN!" diye bağırdı. Hemen öğretmenler odasının kapısını açıp içeriye doluştuk, çünkü başka kaçacak yer yoktu. İşte OLAY o sırada yaşandı.

İçeri girer girmez donup kaldık. Okul müdürü ve bütün idare görevlileri içerideydi. Görevli kadınların hepsinin ellerinde BAŞKA oyuncak ayılar vardı ve BAS BAS BAĞIRARAK ayıları havada sallıyorlardı! Hatta bir tanesi, elindeki ayıyı müdürün tam KAFASINA fırlattı. Burada NE olduğunu anlamamıştık ama bir tür UZAYLI İSTİLASI olduğu kesindi!

Bağırış çağırış o kadar yüksekti ki kimse içeri girdiğimizi henüz fark etmemişti. Ama birkaç saniye sonra sesler kesildi ve herkes dönüp BİZE

BAKTI. Ellerinde uzaylılarla bize yakalanmış oldukları için çok şaşırmış gibiydiler. O anda olabilecek en korkunç şey oldu. Okul müdürü ve görevli kadınlar bize GÜLÜMSEDİLER! Müdür "Eee, şey... Oyuncak ayı ister misiniz çocuklar?" diye sordu ve elinde bir ayıyla bize doğru yürümeye başadı!

Bunun üzerine Jodi bütün gücüyle "ALIN SİZE PİS UZAYLILAR!" diye bağırdı ve bayan Ross'dan aldığımız oyuncak ayıyı var gücüyle müdüre doğru fırlattı. Sonra tekrar bağırdı:

"KULAKLARINIZI KORUYUN! AYILAR PATLAYACAK!"

Dördümüz birden çığlık çığlığa dışarı kaçtık. Hayatımızda hiç koşmadığımız kadar hızlı koşuyorduk.

Yüzü Birazcık Futbol Topuna Benzeyen Polis Memuru

İşte hikâyenin başında anneme anlattığım OLAY buydu. Ona, bayan Jones'un bir uzaylı olduğunu, tanık olduğumuz UZAYLI İSTİLASINI, okul müdürü ile ofis görevlilerinin nasıl az kalsın bizi de uzaylıya çevirdiklerini ve Jodi'nin nasıl hepimizi kurtardığını anlattık. Ama bize inanmadı. Zach'in annesi de inanmadı. Sonra ödevlerimi yapmam için odama gönderildim. Odama gittiğimde ödevlerimi yapamayacağımı, çünkü okuldan koşarak kaçtığımız için çantamı ve kitaplarımı orada bıraktığımı fark ettim.

Ben de gizlice annemin odasına gittim ve oradaki telefonu alıp Zach'i aradım. Ama telefonu BAYAN JONES AÇTI ve "SEN MİSİN ZACH?!" diye bağırdı. O kadar korktum ki telefonu BAM diye kapattım ve polisi aradım.

Polise bayan Jones'u, oyuncak ayısını, yavru uzaylıları, UZAYLI İSTİLASINI, o gün öğretmenler odasında yaşadığımız OLAYI, çığlıkları ve o korkunç oyuncak ayı sürüsünü,

kısacası her şeyi anlattım. Telefondaki kadın polis hepsini dinledi ve okuluma hemen bir UZAYLI BİRİMİ gönderileceğini, başka bir memurun da bizim eve geleceğini söyledi.

Polis eve geldiğinde annem ÇOK AMA ÇOK kızdı. Ona polisin onun için değil benim için geldiğini ve ayrıca okula da bir UZAYLI BİRİMİ gönderdiklerini açıklamaya çalıştım. Ama bu sefer daha beter kızdı ve koltuğa oturup ÇIT ÇIKARMAMAMI istedi.

Ben de dönüp polis memuruna (kafası futbol topu gibi yuvarlaktı) bütün olanları tekrar anlattım. O da bana okulda bir UZAYLI İSTİLASI olmadığını, UZAYLI BİRİMİNİN her yeri dikkatlice kontrol ettiğini, okul müdürüyle de konuştuklarını ve okulda kesinlikle UZAYLI OLMADIĞINDAN emin olduklarını söyledi. Sonra da gitti.

Annem beni tekrar odama yolladı ve "NE OLURSA OLSUN bir daha asla telefonu kullanamayacaksın!" dedi. Ben de ona, babamla ikisi AYNI ANDA düşüp bayılırlarsa ne yapacağımı ve telefonu kullanamazsam nasıl ambulans çağıracağımı sordum. Annem ve babam "İYİ GECELER IZZY!" diye bağırdılar (aynı anda).

Ben de doğruca yatağa gittim ama bir

türlü uyuyamadım. Eve gelen (ve kafası futbol topuna benzeyen) polis memurunun söylediklerini düşünüyordum. Okulda UZAYLI OLMADIĞINI söylemişti ama bu nasıl olabilirdi?

Öğretmeninizin Evinize Gelmesi Hiç İyi Bir Şey Değildir

Ertesi gün annem telefonda bayan Jones ile konuştuğunu ve birazdan bizim eve geleceğini, okul çantamı da getireceğini söyledi. Ayrıca dün okulda olanlarla ilgili birazcık KONUŞMAK istiyormuş.

Bayan Jones ile bizim evde oturup KONUŞMA fikri HİÇ hoş değildi (üstelik bir cumartesi günü!). Çünkü genellikle öğretmenleriniz annenizle KONUŞMAK istiyorsa bu kötü bir şey yaptığınız anlamına gelir.

Bir keresinde okulda Jodi'yle sattığımız parfümlerden alan Leanne'in kollarında yanıklar oluştuğunda okul müdürü de annemle KONUŞMAYA gelmişti. Ona Leanne'in muhtemelen hassas bir cildi olduğunu ve bunun bizim hatamız olmadığını açıklamaya çalıştım. Ama müdür Leanne'in kol derisinde İKİNCİ DERECE YANIKLAR olduğunu söyledi ve bunun üzerine annem parfüm malzemelerimizin tamamına el koydu.

Neyse... Bayan Jones geldiğinde annem odama çıkmamı istedi. Ben de onun yerine merdivenlere oturup konuşmalarını dinlemeye çalıştım. Ama tek duyabildiklerim şunlardı: "BİR ALANA İKİ BEDAVA" ve "VAHİM BİR HATA."

Sonunda bayan Jones gidince annem beni aşağıya çağırdı. Çaktırmadan merdivenlerden yukarı çıktım ve "TAMAM GELİYORUM!" diye bağırıp tekrar aşağı indim.

Annem de bana okulda ASLINDA neler olduğunu anlatmaya başladı... Meğer okuldaki öğretmenler bu yıl çok çalıştıkları için okul müdürü hepsine birer teşekkür hediyesi almaya karar vermiş ve o oyuncak ayıları almış. Ama bu sırada VAHİM BİR HATA yapmış ve idare görevlilerine ayı almayı unutmuş. Görevli kadınlar da bütün yıl çok çalışmışlar ve bu şekilde dışarıda bırakıldıkları için çok bozulmuşlar.

Okul müdürü hatasını anlayınca onlara da oyuncak ayı almış. Ama bu ayılar öğretmenlere aldığından daha ucuz ve kalitesiz ayılarmış. Bu da işleri daha beter hale sokmuş! O yüzden öğretmenler odasına girdiğimizde görevliler müdüre bas bas bağırıyormuş. Biz içeri girince de kavga ederken bize yakalandıkları için utanmışlar ve o yüzden bize öyle gülümsemişler. "Zavallı bay Murphy" dedi annem kıkırdayarak.

Ben de anneme bu anlattıklarının her şeyi açıklamadığını söyledim. Mesela Gary Petrie ve tombik parmakları neden benimle dans etmeye çalışmıştı? Görevli kadınlar neden okul müdürünün kulaklarının ÇINLADIĞINI söylemişti ve neden

demişlerdi?

Ayrıca 4K sınıfının öğretmeni bay Killington'un üzerinde "Harikasın!" yazan pembe bir ayıdan HOŞLANACAĞINI hiç sanmıyordum.

Annem de dedi ki, insanlar birisi hakkında dedikodu yaparken onun kulaklarının çınladığını söylerlermiş. İdare görevlileri de o sırada okul müdürünün KENDİLERİNE oyuncak ayı vermemesi hakkında dedikodu yapıyorlarmış. Hem görevliler MECAZİ anlamda konuşuyorlarmış, yani oyuncak ayılar gerçekten patlamayacakmış. Sadece hediyesiz kaldıkları için o kadar sinirlenmişler ki, bu MESELE patlayacak (yani herkes bağırıp çağıracak) demek istemişler. Ayrıca müdür de bay Killington'a farklı bir hediye almış olabilirmiş. Ben de "Umarım öyledir" dedim. Mesela bir bisiklet olabilirdi; bay Killington bisikletleri sever.

Annem son olarak, bu hafta bayan Jones'a karşı çok ama çok iyi olmamızı, çünkü sınıftan kaçıp gittiğimizde onu çok endişelendirdiğimizi söyledi.

"Gary Petrie de muhtemelen senden HOŞLANDIĞI için dans etmek istemiştir" dedi! IYYY! ÖĞK!

Bu İşte Bir İş Var!

Pazartesi günü okula erken gidip dersten önce bayan Jones'tan özür diledik ve annemin bana verdiği 5'li paket çikolatayı hediye ettik (gerçi anneme öğretmenin kokulu bir hazır çorbayı tercih edeceğini söylemiştim).

Ayısının kafasını koparmaya çalıştığımız,

sınıftan kaçtığımız ve UZAYLI İSTİLASI planlayan bir uzaylı olduğunu düşündüğümüz için Bayan Jones'tan özür diledik.

Bayan Jones güldü. "Evet annen şu 'uzaylı' meselesinden bahsetmişti" dedi. Sonra tekrar gülmeye başladı ve uzunca bir süre güldü!

Gülmesi bitince "Peki benim uzaylı olabileceğimi nereden çıkardınız bakayım?" diye sordu. Biz de ona, bize durup dururken iyi davranmak, derste eğlenceli şeyler yaptırmak, şeker ve çikolatalar vermek ve sınıfa bir oyuncak ayı getirmek gibi çok garip şeyler yaptığından bahsettik.

"Yaa demek o yüzden" dedi. Biraz üzülmüş

görünüyordu. Jodi beni dirseğiyle dürttü. Ben de getirdiğim 5'li paket çikolatayı bayan Jones'a uzattım. Çikolatayı görünce biraz ağladı. Ama film izlediği zamanki kadar çok değildi, o yüzden herhalde mutluluktan ağlıyordu.

Jodi kulağıma "Çikolatayı ÇOK sevdi galiba" dedi. Ben de ona "Bence ona hediye getiren ilk öğrenciler biziz, o yüzden böyle duygulandı" diye fısıldadım. Çikolatadan bir parça da ben alabilir miyim diye sormak üzereydim ki, aklıma bir şey takıldı... Henüz açıklanmamış bir konu daha vardı! Oyuncak ayı nasıl hareket etmişti? O kesinlikle sıradan bir oyuncak ayı değildi... İçinde bir şey vardı ve hareket ettiğinden KESİNLİKLE emindim!

Diğerlerine dönüp "Haydi montlarımızı dolaba asıp sınıfa gidelim" dedim. Ama bunu "HER ŞEY YOLUNDAYMIŞ GİBİ KONUŞUYORUM AMA ASLINDA BİR SORUNUMUZ VAR!" ses tonumda söylemiştim. Jodi hemen durumu çaktı ve Zach'a bir bakış attı. Ben de Maisie'yi kapüşonundan çekerek koridora çıkardım.

Tam o anda bayan Jones, sormasından en

çok korktuğum soruyu sordu: "Izzy, peki benim oyuncak ayım NEREDE?"

Zach tam dönüp ona yerini söyleyecekti ki "HİÇBİR YERDE!" diye bağırarak onu susturdum. "KAÇALIM!" diye bağırdı Jodi. Ve kaçtık. Yine!

Hemen kızlar tuvaletine koştuk ve geçen seferki kabine doluştuk. Zach bu sefer kızlar tuvaletine girmeye itiraz etmedi ama "Ne oldu? NİYE kaçtık?" diye sorup duruyordu. Ben de onlara ayının nasıl HAREKET ettiğine dair kimsenin bir AÇIKLAMA YAPMADIĞINI hatırlattım.

"Demek bütün bunlar bizi kandırmak için yapılmış bir numaraydı" dedi Jodi.

Öğretmenler GERÇEKTEN uzaylı olmalıydılar! Başından beri haklıydık işte! Bize yakalanmamak için okul müdürünün idare görevlilerine oyuncak ayı almasıyla ilgili bir hikâye uydurmuşlardı!

Jodi ayıyı suç delili olarak değerlendirilmek üzere hemen polis merkezine götürmemizi tavsiye etti. Ben de muhtemelen bize inanmayacaklarını ve buna vaktimiz de olmadığını söyledim: "Ayının kafasını koparmalıyız! Uzaylıları tuvalete atalım ve BİTİRELİM ŞU İŞİ!"

Bir anda tuvalet kabininin kapısını vuruldu ve hızla açıldı! Meğer kilitlemeyi unutmuşuz... Kapıda duran kişi bayan Jones'tu.

İşte Şimdi Yandık!

Tamamen kapana kısılmıştık. Elimde ayıyla birlikte klozetin üzerinde ayakta duruyordum. Jodi ve Maisie korkuyla bana sokulmuşlardı. Zach de kabinin duvarının altından sürünerek yandaki kabine kaçmaya çalışıyordu.

Bayan Jones kapıda öylece durup bizi

süzmeye başladı. Kesin UZAYLI YEMİ olacaktık! Ama o anda bir cesaret geldi: "Bu kadar kolay kurtulamayacaksınız bayan Jones! GERÇEKTE ne olduğunuzu ve ayınızın içinde ne sakladığınızı biliyoruz!" diye bağırdım.

Bunu duyunca bayan Jones'un gözleri iyice büyüdü. Ama sonra yüzüne alaycı bir sıtırış geldi. "Sıkıca tut onu" dedi ayıyı işaret ederek. Ben de öyle yaptım, çünkü ayıyı elimden almasını istemiyordum. Ayıyı kafasından tutarak sertçe çekti ve kafasını koparıverdi! Ardından elini ayının boynundan içeri soktu ve bir kutu çıkardı. Kalp şeklinde plastik bir kutuydu bu. İçeride yavru uzaylı falan yoktu.

Bayan Jones kutuyu bana uzatıp üzerine

bastırmamı istedi. Ben de bastırdım. Kutu bir anda kalp gibi GÜM GÜM atmaya başladı! Bayan Jones bir kahkaha kopardı.

"Bu nedir?" diye sordu Zach. Ayının boynundaki kurdelenin altından çıkan kâğıt ucunu gösteriyordu. Çekip çıkardım. Katlanmış küçük bir kâğıt parçasıydı. Bayan Jones kâğıdı hemen elimden kaptı ve açıp okudu. Sonra da bayıldı!

Uyandığında Maisie'nin onu Kurtarma Pozisyonu'na getirdiğini görünce rahatladı. Kötü bir şeyi olmadığını, kâğıtta yazan şeyi görünce çok mutlu olduğu için bayıldığını söyledi.

Bu ona yazılmış bir notmuş ve üzerinde bir EVLENME TEKLİFİ varmış. Yeni erkek arkadaşı ona çok ÂŞIKMIŞ ve evlenme teklifini bir kâğıda yazıp muhtemelen oyuncak ayıyı ona vermeden önce boynundaki kurdelenin altına sıkıştırmış. Hepimiz bunun anlamını biliyordurk: Demek ki bayan Jones

okul müdürüyle evlenecekti! Çünkü ayıyı ona hediye eden OYDU. Ama yine de bir şey söylemedik. Çünkü bu biraz mide bulandırıcıydı ve daha fazla bu konuyu düşünmek istemiyorduk. O yüzden sadece "Kutlarız" deyip geçtik. Zach da düğünde sağdıç olup olamayacağını sordu. Bayan Jones da bunu düşüneceğini söyledi.

Sonunda her şey normale dönmüştü. Bayan Jones bir uzaylı değildi. Patlayan ayıcıklar, yavru uzaylılar ve en önemlisi de bir UZAYLI İSTİLASI yoktu.

Bayan Jones yine eskiden olduğu gibi öğlene kadar bize sessizce alıştırma yaptırdı.

Ama öğlen tatili bitip de sınıfa döndüğümüzde sınıf hazır çorba değil çikolatalı süt kokuyordu! İçerisi de BAŞTAN AŞAĞI değişmişti!

Bütün masalar ve sandalyeler üst üste sınıfın arkasına yığılmıştı ve sınıfın tam ortasında kutulardan yapılmış KOCAMAN BİR UZAY GEMİSİ maketi duruyordu! Bayan Jones da tam bir uzaylı gibi giyinmişti!

Yüzü yeşile boyanmıştı ve üzerinde alüminyum folyodan yapılmış bir kıyafet vardı! Çok garip bir sesle "HOŞ GELDİNİZ 4J SINIFI!" diye bizi karşıladı.

Hepimiz neşeyle sınıfa doluştuk ve bayan Jones'un bizim için hazırladığı uzaylı kıyafetlerini giydik. İnanılmaz bir şeydi bu!

Bayan Jones gülümseyerek yanıma geldi ve kafama alüminyum folyodan yapılmış bir şapka taktı.

O gün KESİNLİKLE okulun en eğlenceli günüydü!

Uzaylılar hakkında bir çok şey öğrendik. Mesela UFO kelimesi İngilizce'de TANIMLANAMAYAN UÇAN CİSİM'in kısaltmasıymış. Bir çok insan da Amerika'da Roswell adında bir yere 1947 yılında uzaylıların indiğine inanıyormuş.

Anlatılanları dinlerken Maisie yanıma geldi. Yüzünde garip bir ifade vardı. Yine kusacak sandım çünkü dört bardak çikolatalı süt içmişti. "Bayan Jones uzaylılar hakkında bu kadar çok şeyi NEREDEN biliyor sence?" diye sordu.

İkimiz de dönüp öğretmenimize baktık. O da bize bakıp göz kırptı ve Maisie yine bayıldı!

Pamela Butchart, eşi ve iki şahane kedisi Bear ve Carlos ile birlikte İskoçya'nın Dundee kentinde yaşıyor. Bir ortaokulda felsefe dersleri veriyor ve öğrencilerine "Zaman yolculuğu mümkün müdür? Bir robot olmadığımızı nereden biliyoruz?" gibi acayip sorular soruyor. İleride sokak kedileri için lüks otel açmak gibi bir düşüncesi var. Adını da Miyavington Sarayı koymayı düşünüyor.

Elinizdeki kitap yazarın ilk kitabıdır. İkinci kitabı "Yoksa Sınıf Arkadaşım Bir Casus mu?" 2015'te Blue Peter Yılın Kitabı Ödülü'ne layık görülmüştür.

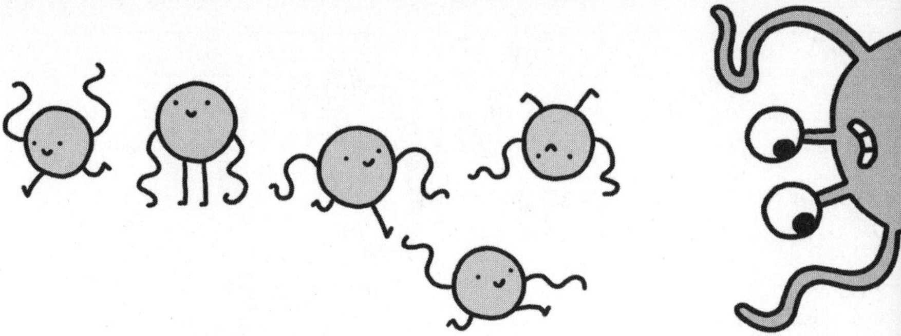

Acar Erdoğan 1987 yılında İstanbul'da doğdu. Özel Kalamış Lisesi'nden mezun olduktan sonra İstanbul Üniversitesi Siyasal Bilgiler Fakültesi Uluslararası İlişkiler Bölümü'nü bitirdi ve bir süre bir dış politika dergisinde çalıştı. Hem yetişkin hem de çocuk kitapları çevirdi. Şu anda Mavibulut Yayıncılık'ta çalışıyor.

İkinci Kitap:

YOKSA SINIF ARKA-DAŞIM BİR CASUS MU?

www.mavibulut.com.tr
facebook.com/mavibulut
twitter.com/mavibulutkitap